Ce roman fait part

Prix du M
des lecte...

Le Prix du Meilleur Roman des lecteurs de Points, ce sont :
- 12 romans choisis avec amour par Points,
- 60 jurés lecteurs enthousiastes et incorruptibles,
- une présidente d'exception : Lydie Salvayre,
- une année de lectures, de conversations et de débats,
- un vote à bulletin secret, un suspense insoutenable…
- et un seul lauréat !

Qu'on soit libraire, éditeur ou simple lecteur, quand on a un coup de foudre, on n'a qu'une seule envie : le partager. Alors Points a voulu vous proposer une sélection, triée sur le volet, de ses découvertes les plus incontournables, celles qu'il serait égoïste de garder pour soi.

Qui sera le successeur de David Grossman, Steve Tesich, Joyce Carol Oates et Michel Moutot ?

Pour tout savoir sur les titres sélectionnés, donner votre avis sur ce livre et partager vos coups de cœur avec d'autres passionnés, rendez-vous sur
www.prixdumeilleurroman.com

Éric Faye est l'auteur de romans et de récits de voyage, dont *Mes trains de nuit*, *L'Homme sans empreintes* et *Nagasaki* (Grand Prix du roman de l'Académie française).

Éric Faye

ÉCLIPSES
JAPONAISES

ROMAN

Éditions du Seuil

Pour la citation en exergue :
Gong Ji-young, « Dans les affres de l'écriture », *Brèves,
anthologie permanente de la nouvelle*, n° 105, Corée du Sud.

TEXTE INTÉGRAL

ISBN 978-2-7578-6874-4
(ISBN 978-2-02-131849-4, 1re publication)

© Éditions du Seuil, 2016

Le Code de la propriété intellectuelle interdit les copies ou reproductions destinées à une utilisation collective. Toute représentation ou reproduction intégrale ou partielle faite par quelque procédé que ce soit, sans le consentement de l'auteur ou de ses ayants cause, est illicite et constitue une contrefaçon sanctionnée par les articles L. 335-2 et suivants du Code de la propriété intellectuelle.

Alors, comment ai-je fait pour vivre ?
J'ai simplement abandonné tout espoir.
J'ai eu des enfants et je me suis dit :
« Vis pour eux ! Renonce à ton rêve de rentrer au Japon ! »

Gong Ji-young

Toi qui entres ici, abandonne toute espérance.

Dante

Première partie

Il existe bien des façons d'entreprendre un récit. Celui-ci pourrait débuter une nuit de février 1966, dans les kilomètres qui séparent deux armées sur le qui-vive, le long de la « zone démilitarisée » entre les Corées. Ou une après-midi de l'été 1978, sur une île japonaise. Il pourrait aussi prendre naissance dans une rue de Niigata, un soir, à moins que ce ne soit à bord d'un bateau qui file à pleine vitesse, pour ne pas se faire repérer, sur cette mer que les uns appellent « du Japon » quand les autres parlent de « mer de l'Est ».

Les histoires comme celle-ci sont pareilles au Nil, elles n'ont pas un commencement. Elles en ont une myriade. Et toutes ces sources engendrent des rus qui se jettent, l'un après l'autre, dans le cours principal du récit – le grand fleuve.

Prenons l'une de ces sources. Nous sommes à la mi-décembre 1977, la nuit tombe sur Niigata. Naoko Tanabe, collégienne de treize ans, revient de son cours de badminton. Les rues qu'elle emprunte ne sont guère passantes : ses parents habitent un quartier résidentiel de demeures à un étage. Aucun commerce par ici, très peu de circulation. À cette heure-ci, les cadres moyens ne sont pas encore de retour. Naoko marche, un sac de sport à la main et son cartable en bandoulière.

Si, ce jour de décembre 1977, le professeur de badminton s'était foulé la cheville ou avait été absent pour quelque autre raison, Naoko Tanabe serait rentrée chez elle une heure plus tôt. Elle se serait réconciliée avec sa mère, c'en serait fini de la fâcherie de la veille, pour des broutilles ; mais, à treize ans, les broutilles prennent vite des proportions inquiétantes.

Pour le malheur de Naoko, le professeur de badminton ne s'est pas foulé la cheville et la leçon a bien eu lieu. Si bien que, à dix-huit heures trente-quatre, Naoko passe à côté d'une auto blanche en stationnement sans apercevoir les deux silhouettes à l'intérieur. L'une d'elles l'interpelle, par la vitre baissée, et lui demande un renseignement, pendant que la seconde, silencieuse et sombre comme un ninja, descend de voiture.

Quelques mois plus tard, une autre source perce et un prénom jaillit : Setsuko. Setsuko Okada fêtera ses vingt ans dans trois semaines et se destine au métier d'infirmière. Elle vient de faire des courses avec sa mère. Par cette après-midi d'août 1978, la chaleur est étouffante sur l'île de Sado. Les deux femmes décident de faire un détour par le stand à glaces. Puis reprennent leur marche.

Elles n'auraient pas dû. Pas à ce moment-là, quand personne ne s'aventure dehors et quand la route, écrasée de soleil, n'est empruntée que par des lézards. Et par elles deux, sous leurs ombrelles. Elles ne sont plus qu'à cinq cents mètres de chez elles. En arrivant, Setsuko compte bien boire un Calpis. Sa mère songe au dîner à préparer. Les voici au niveau du pont sur la rivière. Trois individus surgissent, les empoignent. Ça ne dure que quelques secondes. Elles sont tellement saisies qu'elles ne songent pas à crier. On les plaque au sol on les bâillonne leur ligote les mains les pieds on les jette dans deux grands sacs en toile de jute.

Le lendemain, quelques centaines de kilomètres plus au sud, à la pointe méridionale du Kyūshū, une voiture abandonnée est signalée en fin de soirée près d'une plage. Ses portières sont fermées. La présence d'un sac à main de femme, sur le siège passager avant, intrigue les agents, d'autant qu'un bel appareil photo est posé à côté du sac, lequel contient nécessaire à maquillage, lunettes de soleil et papiers d'identité. L'appareil photo livre, après développement, des clichés pris le jour même, dans les environs. Les recherches ne donnent rien. Dans ce secteur de la côte entre Kagoshima et Minamata, la mer n'est pourtant pas dangereuse. On pense un temps à un double suicide, or les fiancés comptaient se marier prochainement. Aucun nuage n'assombrissait leur relation.

Quelques jours plus tard, non loin des grandes dunes de Tottori, un jeune homme et sa petite amie s'étendent sur le sable après avoir nagé. À une vingtaine de mètres, ils ont remarqué deux individus qui n'ont rien de baigneurs ; peu importe. Lorsque ces types se rapprochent d'eux, cependant, le jeune homme a juste le temps de se dire : Des yakusas. Que nous veulent-ils ? Il se retrouve bâillonné, aveuglé par un grand sac qu'on a jeté sur lui. La jeune femme tente de résister, gémit, tant et si bien qu'un des types lui lance dans un japonais d'une politesse inappropriée : « Veuillez garder votre calme ! » Elle aussi est maîtrisée, réduite au silence. Mais un chien imprévu aboie dans les parages. De l'intérieur du sac, le jeune homme perçoit des voix. Que font ces agresseurs ? Remue-ménage, course. Des secondes à ne rien comprendre. Soudain, on dénoue la corde autour du sac. Libre ! Un couple de promeneurs vient de défaire les liens. Leur chien jappe. Dans le lointain s'estompe le bruit d'un moteur d'automobile.

L'année suivante, sur la côte de la préfecture d'Aomori, l'archéologue Shigeru Hayashi se rend à pied au village de Kodomari. Il travaille sur un chantier de fouilles en qualité de spécialiste de la période Jōmon et des *dogū*. C'est un jour sans vent, remarque-t-il. Les eaux du détroit de Tsugaru sont étrangement calmes. Une auto le dépasse, s'arrête, le conducteur baisse sa vitre, demande un renseignement, l'autre portière claque, un homme sort du véhicule, à peine l'archéologue a-t-il expliqué qu'il n'est pas du coin et aura du mal à répondre qu'un choc lui fait perdre conscience.

Considérons maintenant un poste d'observation qu'occupent, du côté sud-coréen de la ligne d'armistice, le caporal américain Jim Selkirk et les hommes sous ses ordres. Ce qu'ils surveillent n'est pas une frontière comme une autre. Revoilà, après deux mille ans, les *limes* de l'Empire romain aux confins de l'Asie. S'il était possible d'*ausculter* cette frontière, on diagnostiquerait une tension très basse au plein de l'hiver 1965-1966. Cette situation tient au gel, féroce, et aussi à ce que parfois, l'histoire se relâche, atteinte de somnolence. Il suffit pourtant de trois fois rien pour que les braises rougissent et que l'atmosphère s'électrise. Ces braises, ce sont les provocations, les accrochages, après quoi l'histoire retombe en hibernation de part et d'autre de cette plaie.

Au cours de la soirée du 17 février 1966, Jim Selkirk achète deux packs de bière au magasin du camp. De retour dans sa chambre, il boit les cannettes les unes après les autres. Chacune accentue en lui la sensation de vertige. *Il le faut. Tu vas y arriver.* Peu avant minuit, éméché, mais point trop, il enfile un chandail de plus, puis il jette un dernier regard sur la chambrette où il a dormi pendant un an et ferme la porte.

Lorsqu'il se présente devant le lieutenant Parrish, à minuit, il réussit à faire bonne figure. La patrouille se met en route. Il gèle à pierre fendre. Dans la neige épaisse, les hommes suivent un parcours théoriquement dénué de mines. Ils s'arrêtent sur une crête où ils restent un long moment, en vigie. Vers trois heures du matin, le vent tombe et il commence à neiger à gros flocons. Alors qu'il a totalement dégrisé, le caporal annonce à ses hommes qu'il va inspecter le sentier par lequel ils sont arrivés. Il croit avoir entendu un bruit. Je reviens tout de suite, dit-il.

Il reviendra trente-huit ans plus tard.

Le jour de 1966 où le caporal Selkirk s'évapore, cent vingt kilomètres plus au nord, une fillette fête ses cinq ans. Debout, Sae-jin ! Bon anniversaire !

Le soir de 1977 où Naoko Tanabe, rentrant de sa leçon de badminton, est accostée dans la rue, Sae-jin, dont le prénom signifie Perle de l'univers, a seize ans. Elle attend dans le froid le bus qui la reconduira chez elle. La lycéenne annoncera à ses parents qu'elle est de nouveau première de sa classe, dans toutes les matières, avec une excellence particulière dans les deux langues étrangères qu'elle étudie : russe et japonais.

Le 15 août où Setsuko Okada et sa mère sont agressées sur une route de campagne après avoir acheté des glaces est férié au pays de Sae-jin. À dix-sept ans, elle n'a pas encore d'amoureux. Avec la section de son camp de jeunesse, elle répète depuis des jours le chant qu'elle interprétera par cette belle après-midi d'été à la

montagne, devant un responsable venu de la capitale :
« Nous aimons l'uniforme que nous a donné notre Grand Leader. »

Le jour où Chai Sae-jin fait pour de bon son entrée dans ce récit, elle a vingt-deux ans. Alors qu'elle est en cours, on la convoque dans le bureau du chef de département, à la faculté des langues étrangères. Que peut-il bien se passer ? Quelle faute a-t-elle commise ? Est-il arrivé quelque chose à sa famille ? Le chef de département n'est pas seul à la recevoir : un quinquagénaire à lunettes et au sourire ambigu, comme on en voit beaucoup dans le quartier des administrations, se tient debout à ses côtés. Dans un premier temps, le quinquagénaire au sourire ambigu et au costume gris teste sa connaissance des œuvres du Grand Leader, que l'étudiante maîtrise sur le bout des doigts. Il se frotte les mains ; on ne l'a pas trompé sur la marchandise… L'exercice dure ainsi un petit moment, après quoi il va droit au but.

— Votre dossier universitaire est excellent en tout point. Votre niveau de japonais remarquable. Pourriez-vous me traduire cet extrait du livre de notre Grand Leader ?

Elle s'exécute.

— Parfait… Nous avons une proposition à vous faire. Seriez-vous disposée, désormais, à consacrer votre énergie, vos qualités, au Parti et à votre pays ?

— Naturellement !

Sa réponse a fusé sans qu'elle ait pris le temps de réfléchir.

— Et prête aussi, le cas échéant, à mourir pour le Parti et pour votre pays ?

— Ce serait un grand honneur…

Aurait-elle pu répondre autrement ? Par la suite, les remords aidant, elle s'est imaginée secouant la tête et disant non. Au-delà, son esprit n'a pas voulu anticiper ce qui aurait pu arriver. Qu'y aurait-il eu au-delà de son non ? Quel degré de déchéance, pour elle, pour sa famille ?

– Encore une question, *dongmu* Chai. Avez-vous un petit ami ?

– Aucune relation très avancée, mais, oui…

Depuis quelques mois, elle fréquente un étudiant, Ho-nam, soleil de sa petite vie. Ils n'en ont pas parlé, pour l'instant, mais elle est sûre et certaine d'être engagée avec lui pour la vie.

L'homme à lunettes a l'air contrarié.

– Dans ce cas, *dongmu*, il va falloir vous en passer. Oubliez-le.

Sae-jin hésite une fraction de seconde, puis acquiesce.

*

Perle de l'univers (1)

Chai Sae-jin avait décidé de rester là tapie le temps que la résidence de l'ambassadeur s'endorme. Elle était dans la place, c'était l'essentiel. Jusqu'à présent, sa mission se déroulait sans anicroche. Au cadran lumineux de sa montre, il était un peu plus de vingt-deux heures trente lorsqu'elle s'était glissée à l'intérieur du placard de la chambre à coucher, et maintenant, elle tuait le temps dans une position inconfortable, le petit sac à dos à ses pieds et l'AK-47 contre sa jambe gauche. Elle avait bien fait halte dans la forêt pour uriner, mais elle sentait de nouveau sa vessie se remplir... Elle guettait le moindre bruit dans la villa et cherchait à se représenter, d'après le plan qu'elle avait en tête, d'où il pouvait bien provenir. Elle était là, debout derrière un buisson de robes longues et de pantalons, quand des pas se rapprochèrent. La porte de la chambre s'ouvrit et la lumière se fit dans la pièce. Elle distingua deux voix – une femme qui s'exprimait en japonais et un homme qui se contentait d'opiner. Les battements de son cœur s'étaient accélérés et elle s'efforça de respirer profondément, lentement, comme elle avait appris à le faire. Elle avait supposé un peu trop vite que la chambre était inoccupée et le resterait, et elle s'en voulut. Tout à coup, le placard s'ouvrit et la lumière s'engouffra à l'intérieur. Par chance, les robes longues faisaient écran. Elle se tassa dans le coin, de sorte que sa tête n'émergeât pas au-dessus des vêtements. Il n'y avait guère de risque que la main de la femme s'aventurât de son côté, vers le renfoncement… Tout en retirant un cintre, la femme continuait de parler. Quelques secondes plus tard, elle replaçait le cintre après y avoir accroché sa robe de la journée. Elle avait beau s'exprimer dans une langue que Sae-jin maîtrisait parfaitement, aucun des mots qu'elle entendait ne faisait sens dans son esprit. Puis la porte du placard se referma, la replongeant dans l'obscurité. Sae-jin se détendit en procédant aux exercices de respiration contrôlée. Avec le souffle, la faculté de penser lui revint.

Désormais, l'homme ronflait. Mais la femme, dormait-elle aussi ? Avaient-ils le sommeil léger ? Elle laissa passer un moment puis poussa doucement la porte du placard, prit d'une main le sac à dos, de l'autre l'AK-47, et avança avec une agilité simiesque. Dans la difficulté, Sae-jin avait de la chance : le sol de la chambre était recouvert de moquette. Quand soudain les ronflements cessèrent et que l'homme se retourna, elle se figea. Elle percevait la respiration paisible de la dormeuse.

Sae-jin resta sur le qui-vive. Profitant de ce que les ronflements reprenaient, elle actionna discrètement la poignée. Dans le couloir, elle habitua ses yeux à la pénombre, au bout de laquelle brillait une veilleuse. Ayant repéré une caméra de sécurité, elle fit quelques mouvements de reptation pour ne pas entrer dans son champ et progressa vers la bibliothèque où était le coffre. Elle allait atteindre la porte et se glisser à l'intérieur quand un gardien qui effectuait une ronde déboucha au fond du couloir, une lampe torche à la main. Prise dans le faisceau, elle mit l'homme en joue et tira. Le silencieux rendit la scène surréaliste : sans raison apparente, le type s'effondra, une large éclaboussure sur la poitrine. Sae-jin avait eu chaud.

L'épais tapis du couloir avait amorti le bruit de la chute du corps. La résidence était toujours plongée dans le silence. Sae-jin entra dans la bibliothèque, alluma sa lampe de poche et repéra le coffre. Vite... Elle tira du sac à dos un stéthoscope, plaça les écouteurs sur ses oreilles et appliqua la cloche de l'instrument sur la porte. Sae-jin avait souvent répété cet exercice et affiné son ouïe. Elle fit tourner la molette dans le sens des aiguilles d'une montre. Lorsqu'elle distingua le clic de la serrure, elle soupira. C'était le premier chiffre de la combinaison. Elle réédita l'opération, facilitée par le silence total des lieux.

Moins de deux minutes plus tard, elle ouvrait le coffre et découvrait à l'intérieur le document dont elle devait mémoriser la première phrase, qui n'était pas bien longue.

Au moment où elle le refermait en se disant que, finalement, tout se déroulait pour le mieux, un véhicule surgit en trombe dans la cour et freina au pied du bâtiment, faisant crisser le gravillon sous ses pneus, et un juron lui échappa. Comment l'alerte avait-elle pu être donnée ? En quittant précipitamment la pièce pour rejoindre le couloir, elle comprit. Comment avait-elle pu négliger ce détail ?... Elle n'avait pas commis de faute, en soi, et avait bien échappé à l'œil des caméras, mais le gardien sur lequel elle avait tiré s'était effondré dans l'axe de l'une d'elles et son corps avait donné l'alerte quelque part, dans un poste de surveillance...

À l'instant où elle s'introduisait dans la pièce donnant sur la terrasse, elle perçut des voix dans le hall, en bas. Des ordres fusaient. Mais elle était déjà à l'air libre. Elle se laissa glisser le long d'une colonne et se retrouva dans le jardin... Quelques pas, et elle s'enfoncerait dans la végétation, menue silhouette noire cagoulée dont seuls apparaissaient les yeux, et qui, si l'on ne braquait pas de lampe sur elle, passerait inaperçue... Le mur d'enceinte n'était pas à plus de vingt mètres et, en progressant, elle reprit espoir. Elle entendait bien des voix, loin dans son dos, rien cependant qui lui fît penser qu'elle était repérée.

La végétation s'interrompait une dizaine de mètres avant l'enceinte. À cet instant précis, elle fut saisie par les grognements... Des chiens ! Ils étaient sa terreur, depuis l'enfance ; et autant elle pouvait « éliminer » les gardiens, autant, face aux chiens policiers, elle se sentait impuissante. Son AK-47 ne pouvait pas les abattre... Elle traversa une large allée puis ouvrit son sac à dos, saisit corde et grappin. Les molosses se rapprochaient. À la deuxième tentative, le grappin s'arrima solidement au faîte du mur et elle entreprit de se hisser. Ça pouvait bien aboyer de partout, elle s'en moquait maintenant, hors de portée de leurs crocs... Au moment où elle enjambait le haut du mur, des voix fortes, ordres, interjections, cris s'élevèrent sur la terrasse, et, tout près, elle entendit l'éclatement mat de deux balles. Déjà, elle était de l'autre côté, tombait, se ramassait du mieux qu'elle pouvait, courait. Sa chance, au bout d'une centaine de mètres, ce fut la rivière qu'elle avait traversée à l'aller, où elle savait pouvoir égarer les chiens. Une fois sur l'autre rive, elle continua de courir, cependant moins vite.

Elle n'y voyait goutte mais n'osait pas allumer sa lampe.

Au bout de dix minutes, épuisée, elle finit par faire halte pour reprendre son souffle. Il n'y avait autour d'elle qu'un silence antédiluvien et noir, boisé, sous le fourmillement de la Voie lactée. Sans doute les gardes avaient-ils pour ordre de ne pas trop s'éloigner de la résidence et avaient-ils jeté l'éponge. Sans doute, à ce stade, avait-elle réussi complètement sa mission... Bien cachée dans un fourré, elle alluma sa lampe et promena le faisceau sur sa tenue de ninja. C'était le moment de vérité. Non, la peinture indélébile des balles tirées dans sa direction ne l'avait pas éclaboussée... Elle soupira de soulagement. Tout au long de sa course, elle n'avait pensé qu'à ça. La moindre tache rose, et elle perdrait tout. La moindre tache signifierait qu'ils l'avaient blessée – ou tuée ? Mais tel n'était pas le cas. Elle rentrait intacte. L'ennemi factice qui lui avait fait passer là la dernière épreuve de son examen dans une fausse légation n'avait rien pu contre elle. Elle allait reprendre le sentier de montagne qui la mènerait avant l'aube à l'école des agents secrets, où elle venait de subir deux ans de formation sans que sa famille n'en sût rien. Elle livrerait la phrase lue sur le document du coffre-fort, et elle aurait gagné. Sae-jin chassa de son esprit l'idée qu'à un mètre près, elle serait rentrée, piteuse et vaincue, ses vêtements maculés de rose.

Comme elle avait obtenu des notes excellentes dans les autres disciplines, elle se savait reçue. Elle avait passé avec succès les épreuves de mathématiques et de japonais, et le questionnaire sur la vie et la pensée du Grand Leader ne lui avait pas posé de problème. Elle avait donné le meilleur d'elle-même en lutte à main nue, tir, lancer de grenade et de couteau. Tout lui avait souri, y compris la conduite, qui lui avait pourtant donné des sueurs froides : au volant d'une auto occidentale, elle avait surmonté les embûches des parcours sur boue, sur un ersatz de neige, ou en zigzag sur du goudron humide. Elle avait su négocier les virages en épingle à cheveux à la vitesse requise. Oui, Sae-jin ne s'était pas reconnue… Une autre qu'elle avait pris les commandes de son corps.

Officiellement reçue, elle abandonnait derrière elle la Sae-jin des années de jeunesse. Où donc était passé ce moi sensible si familier ? Incapable de se reconnaître, ayant laissé sur place ses camarades au fil des épreuves, elle éprouvait désormais une sensation de vide inhabituel, dont elle ne pouvait parler à personne. Peut-être était-ce le premier effet du serment qu'elle avait prêté au début de sa formation : « Ma vie n'est plus ma vie, elle appartient à la Nation. » Ce serment, les marches forcées qu'elle avait dû effectuer à la fin de chaque journée durant ces années (parcourir en moins de deux heures dix kilomètres avec un sac à dos lesté de vingt kilos de pierres) l'avaient pleinement illustré. À chaque pas, elle exsudait un peu plus sa vie antérieure. À chaque nouvelle prise de taekwondo, elle mettait K.-O. la Sae-jin d'avant.

À l'issue de ces deux années, on lui accorda une récompense. On l'autorisa à passer un week-end dans sa famille, qu'elle n'avait pas revue depuis son entrée à l'École militaire supérieure. Le site secret où elle avait été confinée n'était pourtant situé qu'à une quinzaine de kilomètres de la capitale – autant de minutes de route, en camion, mais le seul mode de communication autorisé était le courrier : les lettres de ses parents et de

Soon-hwi, sa sœur cadette, qui, mystérieusement, mettaient plus d'une semaine pour parcourir ces quelques kilomètres. Lorsque Sae-jin leur écrivait, ses missives partaient par la route. Aucun cachet postal ne trahissait l'emplacement de son repaire. Sans doute sa mère la croyait-elle loin dans le Nord, près des frontières chinoise et soviétique.

Les premiers temps, lorsque Sae-jin se disait qu'elle n'était pas à plus de trois heures de marche de sa mère, elle plongeait dans un état de dépossession étrange. Ensuite, assez vite, elle avait pris l'habitude de ne plus réfléchir.

Dans sa dernière lettre, elle avait annoncé sa venue prochaine. Quelques lignes sur le ton le plus neutre possible, et cependant le moins froid possible, car elle ne voulait pas laisser entendre que ce rendez-vous lui était indifférent.

Lorsque, un samedi matin, elle aperçut les premiers immeubles de Pyongyang, des pensées contradictoires l'assaillirent, certaines lumineuses et d'autres sombres. Sans doute avait-elle gâché deux années de jeunesse. Peut-être, oui… Deux… Oh, il y en aurait d'autres, mais avec quoi à la clé ? Elle était la fierté de sa famille. N'était-ce pas elle qui tirait le nom des Chai vers le haut, depuis qu'elle avait entrepris ses études ? Pour qu'il se hisse au sommet – tout en haut des monts du diamant ? Oui ! Gravir les monts Kumgang de l'honneur !

La journée qui suivit fila comme une flèche. On la questionna, mais elle dut inventer, contourner sans cesse. De son côté, elle voulait tout savoir d'eux, tout savoir de la ville et de la vie qui avait continué à trois heures de marche d'elle. Combler en quelques phrases un vide d'au moins sept cent trente jours. Jamais elle n'avoua qu'elle avait passé tout ce temps si près d'eux. Elle disait vaguement avoir étudié dans le Nord. Loin, vous ne pouvez pas imaginer ! Et on comprenait qu'il ne fallait pas trop gratter.

Plus tard, elle ressentit soudain une vive piqûre au cœur, mais continua d'écouter sagement ses amies, ses oncles et cousins venus lui rendre visite. Ensuite, le dîner s'éternisa. Sa mère avait fait un *shinshullo*[1], pour lequel elle avait réussi à acheter à peu près tous les ingrédients.

Lorsqu'elle se coucha enfin, dans la chambre qu'elle avait longtemps partagée avec Soon-hwi, elle ne put trouver le sommeil. C'était la première nuit qu'elle passait là depuis son admission au centre de formation des agents ; elle aurait aimé que ce fût une nuit heureuse. Malgré les effusions et les éclats de rire, Sae-jin avait jugé son entourage distant. Si une membrane transparente l'isolait des siens, qui l'avait tissée ? Elle, nimbée d'un mystère sur lequel elle ne levait pas le voile, ou eux ? Lorsqu'elle s'étendit sur la natte voisine et éteignit la lumière, sa sœur demeura silencieuse et Sae-jin n'osa rien dire. À elle, n'aurait-elle pas pu le faire ? Naguère, se souvenait-elle, l'extinction des feux était suivie d'un conciliabule à voix basse. Dans les ténèbres s'écoulait à un débit irrégulier tout ce qu'elles ne s'étaient pas dit à la lumière du jour ; jusqu'au moment où leurs propos s'espaçaient et où l'une des deux cessait de répondre. Très tôt, leurs chuchoteries dans le noir avaient scellé entre elles une entente profonde, une alliance à la vie à la mort face aux parents, face à tout ce que la vie recelait d'inquiétant, et Sae-jin aimait ces moments plus que tout.

---

1. Sorte de fondue, plat principal d'un repas, que l'on fait cuire à la table.

Alors qu'elle écoutait la respiration lente de la cadette endormie, la douleur de la piqûre ressentie dans l'après-midi ne tarda pas à se réveiller. Dans la conversation, le nom de Ho-nam avait été prononcé par deux de ses amies et Sae-jin n'avait pu s'empêcher de s'enquérir de lui. Marié depuis un an, il venait d'avoir un fils. Et maintenant qu'elle était allongée et livrée à ses pensées, elle sentait le dard de l'amertume enfoncé dans son cœur, dans le réduit où, comme des tempêtes, couvaient des sentiments tumultueux. Sae-jin croyait connaître sa rivale – à l'époque étudiante en médecine. Et elle se mordait les doigts d'avoir acquiescé quand l'homme en gris venu la recruter lui avait ordonné (sur le ton paterne du conseil), à propos de Ho-nam : « Il va falloir vous en passer. Oubliez-le. » Oh, comme elle aurait voulu remonter le temps et effacer les deux années qui venaient de s'écouler ! Cela faisait si mal de constater que le monde extérieur ne s'était pas arrêté pour attendre sa réapparition ! Qu'à cela ne tienne, se répéta-t-elle à mesure que les minutes s'égouttaient sans que le sommeil ne vienne. Qu'à cela ne tienne, je serai une héroïne du peuple et, tôt ou tard, il le saura. Ce sera moi qu'Ho-nam admirera en secret. Oui, tandis que la nuit avançait, cette idée s'imposait ; et elle réussissait ainsi à apaiser la douleur du dard. Inconsciemment et incompréhensiblement, elle avait cru qu'Ho-nam, pareil au chevalier des antiques légendes, patienterait jusqu'à ce qu'elle se rappelle à son existence et se déclare disponible... Oui, Sae-jin allait plonger avec ferveur dans sa nouvelle vie ! Et, au retour de ses missions, elle reparaîtrait auréolée de gloire et de mystère... Elle servirait le Parti et serait décorée ; son nom, sa photo feraient la une du *Rodong Sinmun*, et Ho-nam, ému, pris de remords, lirait les états de service de celle qui aurait dû partager son avenir...

Oui ! Plonger avec ferveur dans la vie, plonger dans la ferveur, telle était l'unique solution, se persuadait Sae-jin. Elle songeait au jour lointain où elle avait senti naître un premier sentiment patriotique. Elle avait à peine sept ans et était tout excitée de voir les adultes brutalement secoués par l'inhabituel. C'était pendant l'affaire du navire arraisonné[1]. Les écoles avaient fermé et les enfants étaient restés à la maison. Les slogans clamés par haut-parleurs, dans les rues, résonnaient à ses oreilles comme des chants de fête. Le soir, on tirait les rideaux et on éteignait tôt la lumière. Il arrivait que les sirènes retentissent et que l'on doive descendre précipitamment dans la cave de l'immeuble. Pour Sae-jin, tout ça était un jeu. Une nuit, les habitants du quartier avaient été évacués, contraints de marcher dans des rues enténébrées, jusqu'aux collines des environs. Adultes et enfants avaient été séparés en deux colonnes et Sae-jin, inconsciente du risque d'attaque aérienne, était ravie. Ces journées avaient été une longue récréation où les horaires n'avaient plus cours ; son dos était parcouru de frissons comme pendant les films patriotiques de la télévision, et depuis lors, cette sensation ne s'était jamais reproduite dans le monde réel.

Au petit matin, elle eut une nouvelle insomnie. La respiration de Soon-hwi était toujours égale et lente. Une pâle clarté d'aube entrait dans la chambre où Sae-jin distinguait des masses vagues. Par des associations dont le subconscient avait le secret, elle se revit le jour où un homme en gris avait changé sa vie. Elle était

---

1. Le navire américain USS *Pueblo* fut arraisonné le 23 janvier 1968. La Corée du Nord affirma qu'il s'était aventuré dans ses eaux territoriales. Ses quelque quatre-vingts hommes d'équipage furent retenus prisonniers pendant onze mois par les Nord-Coréens. Le navire n'a jamais été restitué.

saisie, incrédule et, quoique inquiète, fière d'avoir été choisie. Ses parents n'avaient pas manifesté l'enthousiasme espéré. Derrière un écran somme toute très fin de fierté et de joie, elle avait vu se silhouetter plus que de la tristesse. De l'anxiété, sans doute ; et, malgré son exaltation, elle n'avait pu s'empêcher d'éprouver une pointe de déception devant leur réaction, comme s'ils n'étaient pas à la hauteur de l'événement. Oui, ils s'étaient rembrunis sans chercher à masquer leur peine.

Au moment de se lever, Sae-jin ne put réprimer un nouveau pincement au cœur. Dans quelques heures, un véhicule se garerait au pied de l'immeuble et on frapperait à la porte. Quand reverrait-elle les siens ? On ne lui accordait qu'un week-end pour faire ses adieux à sa jeunesse heureuse. Où serait-elle basée, dès le lendemain ? En quoi consisterait sa première mission ?

À l'heure de la séparation, ses parents n'osèrent pas lui demander sa destination. Qu'aurait-elle pu répondre, d'ailleurs ? Au lieu de cela, ils réussirent à simuler un peu de joie. Son père, en souriant, lui dit en guise d'au revoir : « Un enfant n'appartient pas à ses parents, mais à la patrie. » Ils avaient glissé des victuailles dans son sac, comme si elle partait pour revenir le week-end suivant. Le week-end suivant… En les saluant, elle se força à sourire elle aussi. L'auto démarra et remonta l'avenue. Ses proches rapetissèrent rapidement, jusqu'à devenir minuscules. Puis le véhicule tourna, longea un parc où, petite, elle venait jouer, longea aussi l'ambassade soviétique et la gare centrale, quittant le quartier de Kyongnim-dong où elle avait passé toute sa vie, moins deux ans.

*

Perle de l'univers (2)

La pièce baigne dans une lumière vive au moment où elle reprend conscience. Elle se garde d'ouvrir les yeux. Ses paupières sont encore trop lourdes et elle se sent faible, faible... Elle a du mal à organiser ses pensées. Celles-ci se succèdent, vibrionnent comme des électrons, sans rapport les unes avec les autres. La simple idée qu'elle est là, quelque part, la sidère et la désole. Moi ! Comment est-ce possible... Soudain, une digue cède, la honte et le chagrin l'envahissent. Quoi, même sa mort, elle l'a ratée ? Dans son état de torpeur, elle distingue des voix. Deux femmes, dans la pièce. Elles s'expriment dans ce qui ressemble à de l'allemand tandis qu'un homme parle un curieux anglais, comme mastiqué par une bouche asiatique. Elle peine à relier ces timbres à ce qui lui est arrivé et ne retrouve pas le fil des événements.

C'est seulement une fois les voix éteintes et quand elle est certaine d'être seule qu'elle parvient à soulever les paupières et comprend où elle est en apercevant des tubes et la pochette de perfusion. Si elle n'entreprend rien, on risque de la sauver. Certains croiront qu'elle a trahi en refusant de mourir.

Mais elle n'a pas la force de remuer ne serait-ce qu'un doigt. Sae-jin, pense-t-elle. Son nom coréen remonte du plus profond d'elle-même, comme une bulle de la vase. Par chance, son autre nom, celui qu'on lui a donné pour cette mission, elle ne l'a pas oublié. Devant eux, elle ne doit être que Sakie. Iwatani Sakie.

Ensuite, elle perd connaissance. Lorsqu'elle revient à elle, la pièce baigne dans une quasi-obscurité. Elle n'a aucune notion du temps qui s'est écoulé. Quelle nuit est-on ? Peu à peu, elle se sent émerger de la narcose. Des objets apparaissent dans une clarté opalescente, descendue d'une veilleuse au plafond. Des tubes reliés à ses narines, des appareils. Des voix au loin. Elle est seule.

Sae-jin ne parvient pas à déplacer son bras. Non pas qu'elle manque de force, elle se sent mieux, mais quelque chose la retient, qu'elle ne peut voir. Elle tente avec l'autre bras, en vain : elle est prise au piège. Ils l'ont attachée à son lit de douleur et de torpeur.

Des images échappées d'un passé récent se présentent dans le désordre, sans lien direct entre elles, comme les tableaux d'un rêve, puis repartent. Elle peine à les ordonner chronologiquement. L'une d'elles passe et repasse : Young-ha à l'aéroport, à l'instant où les policiers allemands convergent vers eux. Young-ha lui adresse le signal fatidique convenu, un hochement grave de la tête, pour lui faire comprendre que c'est foutu et que l'ampoule, c'est pour maintenant. Young-ha a-t-il réussi à mourir, lui ?

Tout s'était parfaitement déroulé après le décollage de Paris. À l'escale à Berlin-Ouest, Sae-jin et Young-ha avaient été les seuls à débarquer. Dans le couloir central de l'avion, Sae-jin avait perdu un instant l'équilibre et s'était rattrapée en agrippant le bras d'un passager, auquel elle avait présenté ses excuses : quelques mots de coréen lui avaient échappé et elle s'était instantanément reproché sa gaffe. L'homme, un quinquagénaire affable aux cheveux grisonnants qui lui rappelait son père, lui avait demandé si tout allait bien, mademoiselle ? Un instant, elle s'était sentie fléchir. À quoi bon commettre *ça* ? Et puis Young-ha l'avait commandée d'un mot sec, en japonais : *Ikimashō !* Les hôtesses s'étaient inclinées avec un sourire lorsqu'ils avaient quitté l'appareil.

Plus tard, Sae-jin et Young-ha voyaient redécoller l'appareil de la Korean Air. Sae-jin était tendue. Elle entendait encore les rires et les bavardages à bord de l'avion, qui volait avec, dans le compartiment à bagages au-dessus de leurs sièges, le sac « oublié ». Elle avait échangé un regard avec Young-ha puis ils étaient allés boire un verre. La tension commençait à se dénouer en eux mais ils parlaient très peu. Ils avaient six heures à tuer avant leur vol Lufthansa pour Moscou. Régulièrement, Young-ha consultait sa montre. À un moment donné, il avait dit à la jeune femme en japonais : Maintenant, ce doit être bon.

… Sae-jin a dû replonger dans son sommeil narcotique car, à présent qu'elle ouvre les yeux, un filet de jour pénètre dans la chambre d'hôpital. Elle est seule. Dans son for intérieur, elle est en enfer.

Young-ha et elle avaient fini par gagner la porte d'embarquement du vol pour Moscou et Sae-jin s'était dit qu'une heure plus tard, ils décolleraient. À supposer que le dispositif ait fonctionné convenablement, leur mission serait un plein succès… Quand les passagers furent appelés à se présenter, Sae-jin ressentit un soulagement profond à l'idée de quitter l'Ouest. Dès que l'appareil aurait décollé, ils seraient dans l'espace aérien du bloc soviétique, en sécurité. On ne pourrait plus rien contre eux.

Young-ha tendit son passeport et sa carte d'embarquement, mais on le pria d'attendre un moment. Sae-jin aussi dut patienter. Ce ne serait pas long. Il semblait y avoir un « petit problème à régler », comme le leur dit en anglais un employé des douanes. Les deux agents coréens se regardèrent, pâles. Ce n'était sans doute pas grand-chose. Sae-jin demanda si l'avion attendrait, à quoi on lui répondit par l'affirmative, et elle en fut rassurée. Sae-jin et Young-ha virent les autres passagers embarquer. Ils veillaient à n'échanger qu'en japonais.

Au bout d'une heure, un Asiatique vint se présenter à eux. Le fonctionnaire du consulat nippon à Berlin-Ouest avait quelques questions à leur poser et leur signifia sur un ton rude que leurs passeports étaient des faux. Ils eurent beau nier, le Japonais s'obstina et voulut savoir pour quelle raison, souhaitant se rendre de Paris à Moscou, ils n'avaient pas choisi un vol direct et avaient préféré transiter par Berlin-Ouest *avec Korean Air*. Et qu'avaient-ils donc à faire à Moscou ?

– Il s'est produit quelque chose de très grave, dit l'homme devant leur mutisme.

À cet instant précis, ils surent que l'explosif laissé dans le compartiment à bagages avait fait son œuvre.

C'est alors que cinq policiers en tenue vert clair s'approchèrent. On allait les arrêter. Après avoir échangé un regard avec Young-ha, Sae-jin se saisit nerveusement de son paquet de cigarettes et en tira celle dont l'embout dissimulait la minuscule ampoule. Les explications de l'instructeur lui revinrent soudain en mémoire. C'était au printemps : il faisait beau et chaud. Elle n'aurait jamais imaginé qu'elle aurait à en faire usage si vite.

... Dans la chambre, par bribes, Sae-jin revoit aussi les moments trépidants et heureux de sa première mission avec Young-ha, six mois plus tôt, et certains souvenirs se mêlent à la seconde, qui s'achève sur ce lit d'hôpital, pieds et poings liés pour qu'elle ne tente pas une nouvelle fois de se supprimer.

Au cours de la matinée, elle rouvre les yeux. Ils sont deux auprès d'elle : un médecin et une infirmière. L'homme lui demande en anglais si elle se sent mieux. Elle répond d'un signe de la tête. On lui retire les tubes des narines.

Plus tard entrent deux Européens et deux Asiatiques. Cette fois, ce ne sont plus des médecins. Malgré son état de faiblesse, elle a préparé sa défense : quoi dire et ne jamais dire. Les Européens doivent être des flics allemands, les Asiatiques des Japonais.

– Quel est votre nom et d'où venez-vous ?
– Iwatani Sakie. J'habite Tōkyō.
– Qui était votre compagnon de voyage ?
– Était ? Qu'est-il devenu ?
– Il est mort à l'aéroport. Il n'a pas eu votre chance. Qui était-ce ?
– Mort... Mon oncle. Abe Yasushi.
– Avez-vous de la famille au Japon, et où ?
– J'ai perdu mes parents. C'est cet oncle qui m'a recueilli. À part lui, je n'ai plus personne.

Elle jure être bel et bien japonaise quand on rétorque que son passeport n'a jamais été délivré par les administrations en question. C'est un faux, pourquoi ? Elle ne répond pas. Pourquoi a-t-elle tenté de se supprimer, si, comme elle le prétend, elle est une paisible Japonaise en vacances en Europe ? À quelle adresse habitet-elle à Tōkyō ? Elle cite un quartier, évasivement : Ikebukuro. Où avez-vous suivi votre scolarité ? Des études ? Et qu'alliez-vous faire à Moscou ? Où deviez-vous loger à Moscou ? Votre passeport japonais ne porte qu'un visa de transit soviétique ; quel vol deviez-vous prendre ensuite ? Avec quelle compagnie ? Une compagnie japonaise ?

Ils partent, puis reviennent le lendemain avec les mêmes questions, assorties de quelques variantes. Sae-jin est toujours menottée, attachée à son lit. On l'accompagne jusqu'aux toilettes. Ses interrogateurs se relaient, en anglais ou en japonais.

Un matin leur succède un nouvel enquêteur et elle frémit en l'entendant parler coréen. Les Japonais ont dû noter chez elle une pointe d'accent qui l'a trahie. À l'université, on lui assurait pourtant qu'elle s'exprimait sans aucun accent, mais au Nord, on n'a sans doute pas l'oreille la plus fine pour ces choses-là. Sae-jin répond au Coréen qu'elle ne comprend rien.

Pauvre Young-ha, au moins n'a-t-il pas à endurer tout ça, songe Sae-jin. Si elle n'avait pas eu le malheur de survivre, elle n'aurait pas à contourner leurs questions retorses et leurs pièges. Ils cherchent à profiter de sa fragilité… Elle patiente en espérant que, tôt ou tard, leur vigilance se relâchera ne serait-ce qu'une seconde, quand on l'accompagnera aux toilettes, seconde qu'elle mettra à profit pour ouvrir une fenêtre et basculer dans le vide… Young-ha, lui, a fini en héros. C'était un des agents les plus chevronnés, avec des nerfs d'acier forgés au fil de nombreuses missions… Combien de fois avait-il été envoyé en Occident ? Il s'en était toujours parfaitement tiré, et voilà qu'à soixante ans, alors que l'avion du retour était là, il avait avalé sa mort.

Pour Sae-jin, c'était la deuxième mission à l'Ouest avec Young-ha. Elle avait déjà eu le temps d'éprouver le calme de cet homme qui la respectait comme un père et n'avait jamais tenté d'abuser d'elle durant leurs nuits d'hôtel. Jamais un geste déplacé. À Paris, un agent du Nord leur avait remis la charge de C-4, dissimulée dans un petit poste de radio. L'avion de la Korean Air ne doit pas parvenir à sa destination, leur avait-on dit avant qu'ils ne quittent la capitale, le (elle cherche la date, avec effort)... un mois plus tôt... le 15... avril... 1987. Nous allons discréditer le Sud, perturber leurs élections et leurs Jeux olympiques, après quoi la réunification de la péninsule pourra avoir lieu sous notre houlette... Sae-jin n'avait pas barguigné. L'objectif de l'opération était si ambitieux et si noble que la fin justifiait tous les moyens. Pour son pays, pour que les deux moitiés de la Corée soient recollées, elle avait fait le serment d'être à la hauteur. Pour éblouir Ho-nam, aussi ; il était beaucoup trop tard pour ça, certes, mais peu lui importait : le cœur a son tempo que la raison n'a pas. Éblouir Ho-nam d'un soleil crépusculaire et hypnotique...

Les deux matins suivants, le même Coréen se présente dans sa chambre. Chaque fois qu'il pose une question dans sa langue, Sae-jin secoue la tête. Le sourire de l'homme la fait frémir et pour la première fois depuis qu'elle est revenue de la mort, elle a peur.

– Vous êtes pourtant coréenne, dit-il, et ça aussi, elle feint de ne le pas comprendre.

Il accompagne ses mots du même sourire, dents serrées... Tant qu'elle est dans cette chambre, avec les infirmières allemandes et les enquêteurs japonais, elle ne craint rien. Mais ce flic du Sud est annonciateur de très mauvais temps.

Le troisième jour, il lui annonce : Demain, vous serez transférée à Séoul, où nous nous occuperons de vous. C'est la fin, se dit-elle. Le transistor piégé qu'elle a laissé à bord de l'avion va exploser une seconde fois, pour elle seule, et l'emporter, à la suite des cent vingt-deux occupants auxquels elle a déjà fait traverser le fleuve des Enfers. On le leur avait expliqué, à l'École militaire supérieure : si vous tombez entre les mains d'agents du Sud, ils vous tortureront longuement et vous n'en réchapperez pas. Et, repensant à l'avertissement lugubre, elle a peur d'avouer son identité sous les sévices.

Arrivée en pleine nuit à Séoul, allongée sur une civière, elle ne voit rien du pays ennemi. On l'installe dans l'aile médicalisée d'une prison, où elle a, pour elle seule, une cellule propre et claire, chauffée, en tout point ressemblante à une chambre d'hôpital banale, à ceci près qu'on la surveille constamment.

L'interrogatoire commence le surlendemain, dans sa cellule. Les enquêteurs essaient d'abord le coréen, puis, comme elle feint de ne pas comprendre, ils font venir un interprète japonais.

– Nos collègues japonais n'ont trouvé aucune trace de votre existence à Tōkyō. Ce que vous avez raconté ne tient pas debout. Ils ont tout vérifié. Les anciens membres de l'Armée rouge japonaise, ceux qui sont en prison, n'ont jamais entendu parler de vous. Cessez de vous embusquer derrière ces mensonges et avouez. Qui êtes-vous ?

– J'ai dit ce que j'avais à dire.

Pourquoi ne la torturent-ils pas ? Cette attente, de même que le respect qu'ils lui témoignent, participe-t-elle d'une manipulation psychologique ? Lassés par ses dénégations, en viendront-ils aux coups ? Loin de calmer son angoisse, leur politesse l'inquiète. Elle aimerait en finir tout de suite. Eux prennent leur temps, comme s'ils aimaient ça. Comme s'ils étaient sûrs de parvenir à leurs fins, peu importe quand. À certains signaux, elle devine pourtant qu'un dénouement approche. Leurs visages trahissent des signes d'impatience. Et ils soupirent, ce qu'ils ne se permettaient pas les tout premiers jours.

– Si vous êtes une touriste japonaise, pourquoi avez-vous tenté de mettre fin à vos jours ?

– Pourquoi, si votre adresse est la bonne, les autorités japonaises n'ont-elles trouvé aucune trace de vous là-bas ?

– Pourquoi ne figurez-vous sur aucun registre administratif ?

– Pourquoi ? Pourquoi... pourquoi... pourquoi...

Ils ne la brutalisent pas. Ils n'élèvent pas la voix. Chaque matin, elle se persuade que la chambre de torture est pour maintenant. Puis la journée passe. Que se passe-t-il ?

Elle est là depuis une semaine quand l'un des trois types chargés de la cuisiner, un grand maigre, vraisemblablement le chef, lui dit :

– Bon, on va faire un tour. Vous allez nous suivre.

Cette fois, son compte est bon. L'auto à l'arrière de laquelle elle monte n'a pourtant rien d'un fourgon cellulaire. Personne ne parle. Assise entre deux agents, menottée à celui de droite, elle est terrifiée et le grand maigre finit par le remarquer.

– Nous avons besoin de prendre l'air, et vous aussi, non ? Vous verrez un peu Séoul, ça vous changera les idées. Nous reprendrons notre discussion plus tard.

Lorsqu'elle y repense, Sae-jin souffre encore du choc cruel qu'elle a encaissé ce jour-là. En s'efforçant de remettre de l'ordre dans ses souvenirs et de répertorier les lieux par lesquels on l'a fait passer, elle s'emmêle et s'égare. Sa mémoire ressemble à l'amoncellement qui succède à un glissement de terrain, quand les roches, s'étant détachées et ayant roulé au bas d'un talus, côtoient des matériaux d'autres temps géologiques. C'est un bric-à-brac d'images et de noms de quartiers – Myeong, Gangnam, Jongno, Apgujeong, Cheongdam, Itaewon –, chacun de ces noms faisant éclore une gerbe d'images, de couleurs et de lumières qui la laissent éberluée, en état de sidération. Ses gardiens l'invitent à descendre de voiture. Ils entrent dans de grands magasins, sans rien acheter, en prenant leur temps, comme si, dans ce pays, déambuler en ville était la règle, au milieu d'un interrogatoire. Sae-jin écarquille les yeux, cherche où sont les mendiants, les chômeurs et les prolétaires miséreux dont on lui a parlé au Nord, dès l'école primaire, et elle n'en trouve nulle part. On les cache. Partout, elle guette les signes d'une grande pauvreté et de la déréliction sociale. Ce qui la choque n'est pas l'abondance, qu'elle connaît de l'Europe. C'est l'abondance *ici*, dans un Sud qu'on lui disait exsangue et au bord de l'explosion, en proie à la criminalité. Yongsan, Sinchon, Hongdae, Insadong. Les quartiers, les avenues commerçantes se succèdent. Dongdaemun, Daehangno.

À la fin, ils arpentent le marché de Namdaemun. Banderoles, colifichets, étoffes et vêtements dans les vitrines ; plus de couleurs qu'elle n'en a jamais vu de toute sa vie au Nord. Discrètement liée par une menotte à l'un des flics, elle passe inaperçue dans la foule ; elle s'arrête, observe. Ils la laissent faire. Elle a même l'impression qu'ils sont ravis de la voir s'immobiliser ici ou là, boire des yeux ces scènes de rue. À quoi jouent-ils ? Elle sent bien le piège, doit feindre de ne rien comprendre aux affiches, aux avis, aux appels des vendeuses. Et, dans un certain sens, elle ne comprend rien à cette face cachée de la Corée.

Ils déambulent dans la grande rue d'Insadong et elle regarde les vitrines avec des *hanboks*[1] magnifiques, de la vaisselle en céladon, des souvenirs et fanfreluches en grand nombre. Elle entend des orchestres de rue, un vendeur lançant « *Ice-cream !* », et les cigales au-dessus de tout ça, dans les arbres. Au marché de Gwangjang, ça sent le *kimchi*, les poissons, les *sundae*. Elle voit des stands où l'on mange du *bibimbap*, du *bulgogi* et du *jeon* ; voit aussi des couturières en plein travail, dans les allées, et encore des magasins de *hanboks*.

Au retour, l'interrogatoire reprend. Les enquêteurs sont insatiables. Depuis des jours, ils insistent sur les mêmes points, avec les mêmes questions. Ils cherchent la combinaison du coffre-fort, à l'affût de ses hésitations, dans l'espoir de la confondre. Mais cette fois Sae-jin est ailleurs, dans son Nord qu'elle est sûre de ne plus revoir. Elle repense à sa première mission en Occident, qui s'était déroulée sans anicroche. Elle était partie accompagnée de Young-ha, destination Paris, *via* Pékin… Avec leurs faux passeports japonais, ils avaient grugé les douaniers. Ils avaient passé une semaine dans un petit hôtel du XIVe arrondissement, à jouer les parfaits touristes et à attendre qu'un agent des services secrets les contacte pour leur remettre une

---

1. Tenue traditionnelle coréenne.

mallette. Young-ha s'était comporté en père avec Sae-jin et lui avait beaucoup appris. À l'hôtel, ils ne parlaient que de choses et d'autres, toujours en japonais. Ils ne s'autorisaient le coréen qu'à l'extérieur, noyés dans la foule. Lorsqu'ils sortaient pour déambuler ou visiter le Louvre, Montmartre, ils emportaient la mallette cadenassée. Ils passaient de longs moments dans les grands magasins de l'Occident, sans rien s'offrir. La somme qu'on leur avait remise à leur départ peinait à couvrir leurs frais d'hôtel et de repas. Ils sautaient le déjeuner et ne mangeaient que le soir, dans la chambre.

À Pyongyang, par la suite, Sae-jin avait appris que la mallette était vide. Cette première mission était un banc d'essai et Young-ha lui avait servi de tuteur en même temps que d'examinateur. Plus dur avait été le retour ; deux mois durant, Sae-jin avait subi une remise à niveau idéologique pour que s'éteignent en elle les étoiles de l'Ouest. Pour lui faire régurgiter les grands magasins, les vêtements de marque, l'abondance. Elle avait encaissé sans broncher. Pendant des dizaines d'heures, elle avait dû réviser les classiques du Juche[1]. Ensuite, ses supérieurs du Bâtiment n° 3 lui avaient confié sa deuxième mission en promettant que, si tout se passait au mieux, elle pourrait vivre auprès des siens à son retour.

En fait de succès, cette mission s'achève maintenant à Séoul, à subir pour la énième fois les mêmes questions.

Après le tour de ville, Sae-jin se mure dans le silence, les sourcils froncés et les yeux dans le vague. Les agents échangent des regards. Quand ses lèvres s'animent de nouveau, les premiers mots qu'elles

---

1. Doctrine de la Corée du Nord, fondée sur l'autarcie.

laissent passer ont perdu toute intonation japonaise. Pour la première fois depuis qu'elle est revenue de la mort dans une chambre d'hôpital, Sae-jin s'exprime en coréen.

– Je m'appelle Chai Sae-jin et je travaille pour les services secrets de la République démocratique et populaire de Corée. J'ai été formée à l'École militaire supérieure à détruire quoi que ce soit, à éliminer qui que ce soit et à m'introduire où que ce soit. Mon compagnon de voyage était lui aussi un agent secret et notre mission était bien de faire exploser l'avion de la Korean Air pendant le vol Berlin-Séoul.

Après cette tirade, Sae-jin se tait. L'enquêteur en chef rompt le silence au bout de quelques instants, de peur qu'elle ne se rétracte ou n'en reste là.

– Pourquoi ?
– Pour provoquer des troubles au Sud ; discréditer votre régime politique ; saboter l'organisation des Jeux olympiques ; empêcher vos élections ; et ainsi, vous ayant mis à genoux, faciliter la réunification sous la conduite de notre pays.
– De qui venait l'ordre ?
– ...
– De qui ?
– De très haut.
– Du sommet ?
– ...

Parler ne fait aucun mal à Sae-jin, même si elle laisse certains points dans l'obscurité. Un abcès de mots a crevé. Sans torture, ils ont obtenu ce qu'ils désiraient.

– Avez-vous des remords d'avoir tué tant d'innocents ?
– J'ai d'immenses remords d'avoir tué pour rien.

– Depuis combien de temps étiez-vous un agent dormant à l'étranger ? Au Japon ?
– Pardon ?
– Depuis combien de temps opériez-vous à l'étranger, et notamment au Japon ?
– Je n'ai jamais mis les pieds au Japon.
– Ne niez pas. C'est impossible. Même les Japonais ont eu du mal à croire que vous n'êtes pas japonaise. Il a fallu les imperfections de votre faux passeport, l'adresse fantaisiste à Tōkyō, pour qu'ils commencent à avoir des doutes.
– Je n'ai jamais mis les pieds au Japon et je n'étais jamais allée non plus en Corée du Sud.
– Vous sortez donc du Nord comme une enfant prodige, avec une connaissance parfaite du Japon et de sa langue... Comment voulez-vous qu'on vous croie ?
– C'est la vérité.
– Vous persistez ?
– Je ne fais que dire la vérité depuis un moment. Des Japonais sont chargés de nous former. Ils nous apprennent comment faire passer pour des Japonais. À perfectionner notre prononciation, notre pratique orale et écrite. Ils sont là pour nous enseigner tout ce qui fait qu'un Japonais est irréductiblement japonais. Son *code génétique*, si vous voulez.
– Des Japonais ? Des anciens de l'Armée rouge japonaise ?
– Certains, peut-être. D'autres non, si j'en crois leur réserve, leur habitude de se tenir à l'écart, et leur tenue vestimentaire... Les membres de l'Armée rouge japonaise sont bien nourris, bien vêtus... Ce n'était pas le cas de nos professeurs. Je pense à une jeune femme timide, qui avait l'air presque terrorisé. Elle n'avait vraiment rien d'une révolutionnaire endurcie. Quand

le véhicule chargé de la reconduire quittait l'école, il prenait la direction du nord, vers la zone où étaient regroupées les personnes enlevées. Les militants du groupe Yodo-gō[1], eux, sont installés dans les résidences luxueuses de la « ville de la révolution », dans un tout autre secteur, à l'est de Pyongyang – donc au sud-est de l'école où je suivais ma formation.

– Cette jeune femme, comment s'appelait-elle ?

– Devant nous, elle portait un nom coréen – Park Hyo-sonn. Le jour où elle nous a donné le dernier cours, sachant que nous ne nous reverrions pas, elle m'a confié en douce son prénom japonais : Naoko ou Masako, je ne sais plus. Elle devait avoir dans les vingt, vingt-deux ans. Pendant les cours, elle nous parlait uniquement japonais. Mais je l'ai entendue s'adresser à l'un de nos supérieurs dans un bon coréen. Pas parfait, mais d'un haut niveau tout de même. Elle devait être là depuis quelques années.

– Comment est-elle arrivée chez vous ?

– Comment ? Enlevée, certainement. Croyez-vous qu'elle avait le droit d'en parler, ou qu'on nous le disait ?

*

---

1. Auteurs du détournement entre Tōkyō et Fukuoka du vol 351 de Japan Airlines (surnommé « Yodo-gō »), le 31 mars 1970. Après avoir libéré les passagers de l'appareil à l'aéroport de Séoul, les pirates de l'air sont arrivés en Corée du Nord, où ils ont trouvé refuge.

Cachée par les dieux

Peu avant la disparition de Naoko Tanabe, Mme Ōta était rentrée chez elle à pied, à la nuit tombante. Il faisait froid et on annonçait de la neige. Dans la rue perpendiculaire à la sienne, à quelques centaines de mètres de la maison, elle avait aperçu une auto blanche mal garée, dont les roues mordaient sur le bas-côté. Parce que la voiture gênait le passage et qu'elle était chargée, Mme Ōta avait changé de trottoir. Que faisait ce véhicule à pareil endroit, dans la voie déserte bordée de murets blancs ? À la vue de silhouettes masculines à l'intérieur, elle avait eu un curieux pressentiment ; mais de la même façon que ses congénères, elle avait désappris à écouter ses intuitions.

La vitre du passager s'était abaissée lentement et une main lui avait fait signe d'approcher tandis qu'une voix nasillarde l'interpellait : « *Sumimasen*[1] *!* » Sur le trottoir d'en face, Mme Ōta avait poursuivi sa marche sans se détourner. On n'était pas bien loin du port, qui avait mauvaise réputation. Et puis, elle était en retard. Midori allait bientôt arriver, après quoi ce serait le tour d'Ichiro, son petit frère, et enfin de leur père, et elle n'avait encore rien préparé pour le dîner, car, le lundi,

1. « Excusez-moi ! »

le club de lecture lui prenait une bonne partie de son temps. Un peu plus loin, elle avait jeté un coup d'œil, discrètement : l'auto était toujours là, obscure, avec les silhouettes à l'intérieur. À l'horizon, le ciel était encore d'un bleu laiteux tandis que le quartier plongeait dans des ténèbres trouées de petits rectangles de lumière.

Une fois chez elle, elle avait oublié la voiture blanche. Comme il en avait l'habitude, son mari avait passé un coup de téléphone pour ne rien dire, puis elle avait écouté les nouvelles à la radio en coupant la viande pour le *nabe*. C'était à ce moment que Midori était rentrée. Comme chaque jour, sa mère l'avait interrogée sur sa journée. Puis Midori en était venue à Naoko.

– Elle n'était pas dans son état normal, aujourd'hui. Ça s'est mal passé avec ses parents, hier soir, et elle appréhendait de rentrer. Je lui ai proposé de venir un moment à la maison.

– Et ?

– Elle a préféré ne pas s'attarder. Je lui ai dit que je lui téléphonerais dans la soirée.

– Qu'est-ce qui la tracasse ?

– Rien de sérieux, je crois qu'elle en fait une montagne. On lui a reproché de ne pas travailler assez pour l'école et pour sa chorale.

Mme Tanabe, elle aussi, préparait le dîner en écoutant les nouvelles du soir. *La collision de deux pétroliers géants provoque une marée noire au large du cap Saint-Francis en Afrique du Sud... Jimmy Carter doit recevoir Menahem Begin à la Maison-Blanche... À Tōkyō, le chef du gouvernement, Fukuda Takeo... Dans la préfecture d'Iwate, les abondantes chutes de neige...* C'était ensuite, en voyant l'heure, qu'elle avait commencé à s'inquiéter. Ce retard ne ressemblait pas à Naoko, toujours ponctuelle. Aucun bruit de pas dans la rue. Le portillon ne grinçait pas. La mère avait fini par se résoudre à téléphoner chez les Ōta. À la voix de Mme Tanabe, Mme Ōta avait compris qu'il se passait quelque chose.

– Naoko ne serait pas chez vous, par hasard ? Je la cherche.

– Non, elle n'est pas là... Midori a fait un bout de chemin avec elle et elles se sont quittées au coin de la rue... Avez-vous appelé le collège ? Des fois qu'elle y serait retournée, si elle avait oublié quelque chose...

En raccrochant, la mère de Midori avait songé à une fugue, hypothèse à laquelle songeait sans doute aussi Mme Tanabe. Puis elle avait repensé à l'auto blanche et à son pressentiment.

Quelques heures plus tard, dans Niigata endormi, un chien policier encadré de deux agents et des parents de Tanabe refaisait le trajet de la jeune fille du collège à chez elle. Il atteignait l'endroit où les deux camarades s'étaient séparées, puis continuait. Une centaine de mètres plus loin, sur le trottoir où Naoko était passée maintes fois, il marquait un temps d'arrêt, cherchait mais ne trouvait pas. Il tournait en rond et finissait par se figer, regardant son maître en agitant la queue, l'air de dire : ma mission s'achève ici.

Le lendemain, interrogée par la police à l'endroit où le chien policier avait perdu la trace, Mme Ōta déclarait ceci :

– C'est ici qu'était garée la Honda.

L'alerte était déclenchée. Tous les postes de police de la préfecture étaient informés qu'une Honda Civic blanche avait servi à un enlèvement, mais aucune auto suspecte n'était signalée.

*

Lorsque, groggy, Naoko émergea d'un sommeil lourd, il lui fallut un long moment pour admettre qu'elle n'était plus maîtresse de rien. Où était-elle ? Combien de temps s'était écoulé depuis qu'elle s'était penchée vers l'homme qui lui demandait un renseignement ? Et ensuite, qu'était-il arrivé ? Elle était pieds et poings liés dans l'obscurité, maintenant – obscurité nauséabonde dont elle ne parvenait pas à déduire quoi que ce fût. Tout à l'heure encore, elle rentrait du gymnase... Elle s'apprêtait à se réconcilier avec sa mère et pesait les mots qu'elle dirait, répétait chaque phrase tout en marchant... Dans quoi était-elle enfermée ? Sur le coup, elle se crut dans le coffre d'une auto, à cause des cahots, de l'odeur de carburant et des vibrations, mais à la réflexion, l'endroit était trop vaste et cela secouait beaucoup trop. Elle avait beau ressasser les projets qui étaient les leurs (ses parents, son frère et elle) pour le nouvel an et les petits congés d'avril, elle restait prise dans un temps immobile, dans une angoisse sans issue. La famille avait prévu de partir une semaine à Iriomote, au printemps, pour revivre le bonheur de l'an passé, quand ils avaient plongé à la recherche des raies mantas. Au cours de ces vacances, Naoko s'était sentie appartenir au monde subaquatique, et, chaque fois qu'elle manifestait son impatience de retourner là-bas, son frère compatissait. Kiyoshi avait éprouvé le même saisissement en découvrant les mantas, d'une envergure de quatre à cinq mètres, avec leurs « ailes » déployées, prêtes pour un envol hors de l'eau. Et quelles forêts, sur cette île, quelle douceur au bord du fleuve Urauchi ! Dieu, que cela paraissait loin…

Recroquevillée, Naoko Tanabe sentit près d'elle son sac de sport. Ce n'était pas un être vivant, mais il la reliait au monde d'avant car il contenait ses affaires – tee-shirt, socquettes, raquette. Elle ne voyait rien mais savait qu'un Fuji blanc ornait un flanc du sac, tandis que l'autre portait le chiffre 15. Tant pis si elle avait perdu son cartable. Le sac de badminton suffisait à lui prouver qu'elle n'était pas devenue folle. Naoko revit la journée ensoleillée où, en compagnie de son père, elle était allée acheter ce sac au centre commercial. Journée banale comme il y en avait eu tant ; mais maintenant qu'elle y repensait en ce lieu, elle acquérait la pureté du diamant. Soudain, un choc violent la fit vaciller et elle vomit sur elle. Non, elle ne se trouvait pas dans le coffre d'une voiture, car elle parvenait à se redresser. Une évidence s'imposait peu à peu : on l'avait jetée au fond d'un bateau.

Bientôt, la jeune fille cessa de penser. Entre crises de larmes et cris de bête, elle cherchait une issue. Elle suffoquait dans ce lieu fétide. Ses mains ligotées n'en formaient plus qu'une, main à dix doigts qui palpait l'obscurité. Autant qu'elle pouvait en juger, la bulle d'enfer dans laquelle elle s'était réveillée était circonscrite par une paroi lisse. À force de tâtonner, elle découvrit une manière de rainure longiligne et fine et se figura que c'était le contour d'une écoutille, derrière laquelle la vie recommençait ; si bien que ses doigts se transformèrent en griffes appliquées à gratter pour tenter d'élargir la rainure, qui devait bien avoir une fonction. Raclant, utilisant ses ongles comme de minuscules leviers, elle eut bientôt les mains en sang.

Rien ne lui permettait de savoir si l'on était le jour ou la nuit. Combien de temps était-elle restée endormie ? Pas un rai de lumière ne filtrait par la fente sur laquelle ses doigts s'escrimaient. Ils finiraient bien par venir à bout du métal et par le tordre : c'était la seule solution. À force de s'acharner, elle ne réussit qu'à se retourner plusieurs ongles et hurla de douleur.

Aux bouffées de frayeur succédaient de courts épisodes pendant lesquels son esprit se reprenait un peu et essayait de comprendre. Enlevée ? Mais par qui ? Sa famille menait un train de vie si modeste. Son père travaillait comme employé à l'administration préfectorale, sa mère était femme au foyer. Enlevée ? Mais pourquoi ? Si c'était bel et bien le cas, c'était une erreur et *ils* s'en apercevraient vite. Elle devait leur expliquer.

Naoko claquait des dents. Elle subissait peut-être une mort au ralenti ; à plusieurs reprises, elle avait rendu et s'était vidée de ses dernières forces. Secouée de spasmes, elle s'était ramassée sur elle-même du mieux qu'elle avait pu pour résister au froid. Quelques heures plus tôt, elle discutait avec ses camarades de classe et le soleil brillait sur Niigata. Maintenant, rien ne lui parvenait que le toussotement d'un moteur et un remugle de carburant et de vomissures. Souvent, elle croyait percevoir une voix. Ou *des* voix ? Puis plus rien. Et ce rien cahotait de plus belle. Elle n'avait plus la force ni la volonté de s'attaquer à ce qu'elle croyait être une porte.

Quand ils braquèrent leur lampe dans sa direction, elle ne distingua pas leurs traits. Après des heures dans l'obscurité, la lumière était douleur. Des larmes embuaient ses yeux. Ils étaient pourtant là, derrière le faisceau aveuglant, sans doute trois. Ils s'exprimaient dans une langue inconnue. Comment se faire comprendre ? Son père n'était pas riche : voilà tout ce qu'elle voulait qu'ils sachent, pour qu'ils se rendent compte enfin de leur erreur.

L'une des silhouettes l'avertit dans un japonais correct qu'ils arriveraient bientôt. Elle devait se laver, manger quelque chose. L'homme ne précisa pas où ils arriveraient, et quand elle répéta que sa famille n'était pas riche, il fit mine de ne pas entendre. Naoko discernait peu à peu les traits de ses geôliers. Ils n'avaient rien de bandits. On défit ses liens. L'un d'eux la soutint, car elle chancelait, et on la hissa jusqu'à une cabine où elle vit le jour à travers un hublot. Elle avait recouvré un semblant de calme. Ses tremblements avaient cessé. Elle plongea les mains dans une cuvette remplie d'eau dont le contact lui fit du bien et se nettoya le visage, puis y appliqua longuement un torchon pour se sécher. Ensuite, elle passa une main dans ses cheveux pour y mettre un peu d'ordre et chercha des yeux une glace.

Quand elle fut propre et peignée, les hommes découvrirent ce qu'ils n'avaient pas remarqué à la nuit tombante, dans le port japonais, où ils avaient agi à la va-vite en voyant approcher une silhouette. À leurs yeux, les Japonaises étaient toutes menues et dans la quasi-obscurité, ils avaient cru avoir affaire à une adulte. Or ils s'étaient engagés à ramener de leur mission un ou deux Japonais et le temps pressait car ils avaient ordre de regagner la Corée le soir même. Maintenant, ils allaient toucher terre avec pour seul butin une môme de quoi, une douzaine d'années... Les hommes du commando pâlirent. Elle était trop jeune. Comment réagiraient les chefs du Bâtiment n° 3 ? Que ferait-on de cette bouche à nourrir ? Après s'être concertés dans leur langue, ils lui demandèrent son âge. Un instinct de bête traquée avertit la collégienne que les choses ne tournaient pas rond. Ce n'est pas toi qu'ils voulaient, pensa-t-elle. Ils se sont trompés. Celui qui s'était adressé à elle en japonais devait être leur chef, car les autres l'observaient de biais, l'air d'attendre quelque chose. Elle comprit que son sort était entre les mains de ce type et se vit ligotée de nouveau, hissée sur le pont, jetée par-dessus bord. Elle coulerait à pic dans l'eau glacée, sans avoir compris ce qui lui arrivait... Alors elle se vieillit en répondant : Quinze. Quinze ans. Celui qu'elle présumait être le chef eut quelques instants d'hésitation puis soupira. Il prononça pour lui-même, et peut-être pour les deux autres, un mot inconnu, 좋아요, *joayo*, dont elle déduisit sans peine le sens : « Bon... »

C'était le premier terme de coréen qu'elle apprenait mais elle ignorait encore à quelle langue il se rattachait. Le premier parmi les dizaines de milliers de mots qui l'attendaient sur la côte. Il devait signifier qu'elle avait la vie sauve, qu'elle était une erreur de parcours, certes, mais une erreur graciée. Et ce petit mot de rien du tout, chaque fois qu'elle aurait à le prononcer au cours des années suivantes, laisserait glisser dans son esprit, comme échappé d'un double fond de la sémantique, quelque chose comme : « Tu as le droit de vivre. » Jamais ce terme à tout faire, qui sert de cale aux conversations bancales, ne lui paraîtrait anodin.

Quand ils furent en vue du port, Naoko Tanabe, malgré son désespoir, se le répéta tout bas : « *Joayo...* »

*

Pour la mère de Naoko, cette histoire d'auto blanche et de trace perdue par le chien policier ne tenait pas, et puis, elle ne voulait pas abandonner à un animal le destin de son enfant. Naoko avait fait tant de fois le chemin, dans ce quartier tranquille… Elle ne pouvait s'être volatilisée comme ça, devant un mur. La mère n'y croyait pas, et néanmoins elle maudissait le chien policier. Maintes fois, elle était retournée à l'endroit où l'odeur de Naoko avait disparu et elle avait cherché un indice par terre. Une poussière, un atome de Naoko. Sa conviction était faite, de toute façon : elle ne trouverait rien, car nul n'avait de raison de lui retirer sa fille. Les Tanabe ne se connaissaient aucun ennemi et Naoko n'avait pas l'âge d'attiser les convoitises. Faute de message ou d'appel suspect, la police avait conclu à une fugue. La décision de clore l'enquête avait conforté Mme Tanabe, qui croyait au retour prochain de l'enfant. Quant à son mari, il privilégiait, sans savoir au juste pourquoi, la thèse de l'enlèvement.

Durant la journée, Mme Tanabe affrontait l'absence et la solitude. Accablée de chagrin, elle profitait de la moindre occasion pour sortir marcher dans les rues, au hasard. Naoko n'avait jamais fugué et cela ne lui ressemblait guère, mais la mère voulait y croire de toutes ses forces. Ne l'avait-elle pas disputée, comme elle disait dans son jargon à elle, la veille de sa disparition ? Et si elle avait touché une corde sensible, au moment où il ne fallait absolument pas ? À chaque pas, il semblait à cette mère orpheline retrouver un nouveau mot de la dernière conversation avec sa fille. Et chaque fois qu'elle pensait à un mot précis, elle le plaçait sous le microscope à fort grossissement de sa culpabilité.

C'était une coupable qui allait errant dans les rues de Niigata. Régulièrement, à l'heure de sortie des collèges, elle voyait sa fille devant elle et pressait le pas pour la rattraper, puis dépassait une inconnue en concédant son erreur. Elle ne voulait laisser aucune place au doute, si bien qu'elle préférait mille de ces menues défaites à une seule incertitude. Comme toutes les collégiennes de la ville portaient la même tenue (jupe plissée bleu marine et chaussettes longues de même couleur, veste courte et chapeau rond, ce petit chapeau que Naoko avait pris en grippe), l'attention de la mère était constamment en alerte et chacun de ses espoirs se concluait par une douche froide. Et cependant, elle continuait de marcher jusqu'à apercevoir la Naoko suivante.

Fréquemment, ses pas la conduisaient à la gare, car c'était là qu'on croisait les électrons libres de la ville. Près du porche, elle voyait toujours le même mutilé de la guerre du Pacifique, dans son uniforme ocre de l'époque. Il faisait la quête en chantant une marche de la marine impériale, accompagné d'un magnétophone qui diffusait la version orchestrale. De temps en temps, elle lui donnait quelques pièces. Un jour, elle s'était enhardie à lui parler. Elle lui avait montré la photo de Naoko, pour le cas où il l'aurait vue, lui qui restait planté à un endroit où passait le tout-venant. Non, ce visage ne rappelait rien à l'unijambiste. Et Mme Tanabe s'était dit que si elle était proche de quelqu'un dans cette ville, outre son mari, c'était bien de cet éclopé, sourire et résignation en moins ; car il ne pouvait espérer, lui, retrouver sa jambe perdue parmi toutes celles qui se hâtaient sur l'esplanade, matin et soir.

À la fin de ses courses en ville, qui tournaient à l'errance, Mme Tanabe rentrait chez elle. Et si l'absente était là, de retour ? La possibilité avait beau paraître infime, la mère ne manquait jamais de monter vérifier dans la chambre de sa fille, à l'étage.

Toutes ses forces, elle les jetait dans la volonté de tenir. Chaque minute, il fallait parvenir à la suivante. Combien de fois, seule, s'était-elle encouragée en regardant la ronde de l'aiguille des secondes, à la pendule de la cuisine ? Attendre avait-il un sens ? Elle ne le saurait qu'après avoir attendu.

Quand le vague à l'âme se déposait jusque dans les plus fins replis du temps, elle écoutait un morceau de Schumann appelé *Zigeunerleben*. Elle ne connaissait rien d'autre de ce compositeur. À vrai dire, elle ne connaissait rien à la musique européenne. Mais cette pièce de Schumann, oui. Elle y revenait fréquemment. La mélodie était censée, avait-elle lu quelque part, évoquer la vie des gitans, leur feu de camp dans une forêt lointaine d'un siècle passé. Deux minutes quinze après le début de l'enregistrement, après le chœur, après le piano, s'élevait brièvement une voix en solo : celle de Naoko. Elle montait, descendait, puis refaisait surface pendant quelques mesures avant de se diluer parmi les autres, jusqu'aux dernières notes de piano et aux applaudissements. La cassette avait été remise à sa fille par le professeur de chant, avec des félicitations, quelques mois plus tôt ; c'était le seul enregistrement que les parents possédaient de la voix de l'enfant. Le solo de Naoko ne durait que quelques secondes mais le professeur avait salué la pureté et la justesse de sa voix, qui, ensuite, s'intégrait dans le chœur comme un arbre dans la forêt lointaine. *Schwarzäugige Mädchen beginnen den Tanz...* (Des jeunes filles aux yeux noirs commencent la danse...) Il semblait à la mère que ces mots étrangers, dans la bouche de sa fille aux yeux sombres, avaient joué un rôle prémonitoire.

Un soir, en compagnie de son mari, elle avait tourné ses pas non plus vers la ville mais vers le bord de mer. Après l'évaporation de Naoko, les policiers avaient effectué des recherches de ce côté-là. Assistés d'un chien, ils avaient inspecté des tronçons du littoral, en présence de Mme Tanabe. Voir ces hommes en uniforme déployés dans le seul but de retrouver sa fille l'avait un peu rassérénée. Ils disaient que les personnes en errance (ils ne voulaient pas employer le terme de « vagabonds » devant elle) trouvaient souvent refuge sur le rivage. Telle était leur quête, officiellement, mais Mme Tanabe se doutait qu'ils escomptaient tomber sur un corps rejeté par les flots.

Son mari et elle s'étaient assis sur un rocher, tassés l'un contre l'autre à cause du froid. Il faisait gros temps sur la mer du Japon sans bateaux. Les jours suivants, Mme Tanabe était revenue, mais seule, attendant que la mer se décide à lui rendre sa fille. Elle ne sortait toujours pas de son état de sidération. Elle pensait au temps d'avant. Depuis la naissance de Naoko, elle avait cru imaginer le pire et s'y être préparée, se disant que sa fille n'était à l'abri ni d'une maladie incurable ni d'un accident. La volatilisation pure et simple de l'être pour elle le plus cher sur Terre dépassait cependant tout ce qu'elle avait pu envisager. C'était au-delà de tout. Elle se mettait à intercéder auprès du dieu qui la lui avait confisquée sans crier gare. Naoko était *kamikakushi*, pensait-elle. Cachée par les dieux. Au secret quelque part, mais où !?

Il arrivait que les parents Tanabe soient convoqués par la police lorsqu'un corps de jeune fille était retrouvé. Chaque fois, c'était à peu près la même scène : l'immense appréhension préalable avec les jambes qui flageolent en montant les marches du bâtiment, puis l'effroi sacré devant un cadavre ; enfin, le soulagement, chaque fois immense et aussi un peu coupable – Ce n'est pas elle, pas cette fois.

À force d'être convoquée, Mme Tanabe était prise quelquefois par le doute. Cela ne durait jamais longtemps ; mais cette fissure lui donnait le vertige car, tout au fond, elle apercevait sa fille morte, ou bien aux mains d'une bande d'inconnus. Puis l'entrée de l'enfer se refermait et la mère en revenait à sa certitude : Naoko était en vie. Elle allait revenir. Et la même sensation de vide la reprenait, comme avant la fissure.

Un jour, on leur a demandé de communiquer à la police des pièces du dossier dentaire de Naoko, si bien qu'au bout d'un certain temps, ils n'ont plus été que très rarement amenés à se déplacer.

Ce qui était sur le point de devenir un rendez-vous habituel avec le large a cessé un beau jour. Mme Tanabe s'est dit qu'espérer de ce côté était absurde. Le chien policier avait fouillé les installations portuaires, le bric-à-brac des tétrapodes en béton jetés ici et là pour briser une vague géante. Mais qu'avait à voir Naoko avec la mer ?

*

De Naoko à Hyo-sonn

Il aurait fallu beaucoup d'imagination à une mère pour concevoir le quotidien de sa fille au-delà de la mer. Il lui aurait fallu se figurer Naoko dans un deux-pièces froid au confort sommaire, avec une salle de bains aussi rudimentaire que le reste.

La jeune fille n'a pas à se soucier de cuisiner. C'est la prérogative d'In-sook, femme râblée d'une trentaine d'années qui dort dans une des deux pièces. In-sook est à la fois son instructrice, sa gardienne et son factotum, par qui tout passe. À la fois serrure entre Naoko et la vie, sésame ou cerbère. In-sook, dont le prénom signifie patiente, débonnaire ou bien éduquée, parle un japonais étriqué, celui des manuels de première ou de deuxième année. Lorsque Naoko fond en larmes, l'autre se raidit, se rétracte comme certains mollusques en cas d'agression, puis finit par dire que tout s'arrangera, elle est là pour faciliter les choses.

Elle est là pour lui enseigner la langue du pays que Naoko aperçoit par la fenêtre sans vouloir en fouler le sol. On lui a dit le nom de la ville, on lui a répété que c'était la capitale, mais peu lui importe.

Naoko apprend à écrire le prénom de sa cothurne : 인 숙. Elle apprend par où commencer pour former chaque *jamo*. Lentement, elle écrit le prénom qu'on lui a donné ici : Hyo-sonn (Fille douce). Cela te correspond bien, dit In-sook, mais Naoko ne veut rien entendre. Elle veille à ne pas répondre, ou bien à contretemps, lorsque In-sook l'appelle ainsi, et elle se dit : Ils veulent que j'oublie qui j'étais.

Au bout d'un certain temps de pratique, Naoko trace ses premiers mots en coréen. Elle accumule des lignes, comme revenue des années en arrière, quand elle découvrait les *kanji* à l'école.

À longueur de journée, Naoko Tanabe profite du moindre instant pour scruter le ciel par la fenêtre. Elle ne sort pas. Sa pièce est orientée vers le soleil levant, qui la réveille tôt de ses rayons, et elle pense : dans cette direction, en droite ligne, ce doit être Niigata. Ses parents et son petit frère Kiyoshi. Sa chambre. Quand Naoko cherche à interroger In-sook, le visage de sa tutrice se ferme. Elle répond dans un coréen sec à ses questions japonaises. « Un jour, vous pourrez parler de votre pays en japonais. On vous chargera de quelque chose. » Naoko ignore ce que signifie cette annonce et pleure. Devra-t-elle donner des leçons de japonais ? Est-ce pour cela qu'un soir, après un cours de badminton… Mais pourquoi elle, précisément ?

Une fois, Naoko-Hyo-sonn pleure plus que d'habitude. C'est son anniversaire. Penser à eux, à ce moment-là, est encore plus douloureux que la veille et que le lendemain. Eux pensant à elle. La tiennent-ils pour morte ? Cette idée lui est insupportable. Elle se ronge les ongles. De sa chambre, elle regarde longuement en direction de l'est, comme s'il allait en surgir un grand oiseau chargé de la prendre dans ses serres. Il arrive qu'un V de migrateurs file en direction du sud-est. Vers le Japon. Elle pense au petit Suédois qui voyageait agrippé au cou d'une oie, dans un livre.

Un soir, Naoko pénètre en larmes, en proie à une attaque de panique, dans le renfoncement où In-sook prépare le repas. Qu'arrive-t-il ? Son entrejambe saigne. Elle l'explique dans un japonais hoquetant, mêlé de sanglots et de coréen. In-sook tente de la rassurer. C'est une horloge interne qui annonce en rouge le commencement d'une nouvelle période d'à peu près un mois, dit-elle. *Quand on devient femme.* In-sook ne lui a jamais parlé sur un ton si doux. Avant de savoir comment on dit « règles » dans sa langue maternelle, Naoko l'apprend en coréen.

Le sang menstruel a la vertu de rapprocher un peu les deux femmes. Parfois, In-sook semble sur le point de livrer une explication à Naoko. Ce qu'elle va devenir, ce à quoi elle va servir ? La jeune fille aimerait comprendre pourquoi elle a été visée, elle, et In-sook hésite à répondre, puis se réfugie derrière un de ses mille sourires. Quand elle ne se rétracte pas, elle concède dans un coréen brumeux que Naoko devra participer à une mission de « formation ».

Alors qu'elle sent enfin In-sook s'adoucir, on l'informe qu'elle va déménager. Son nouveau logement se trouve dans le même quartier excentré, adossé à des collines boisées. Une autre instructrice l'attend là-bas : Ji-young. Les cours de coréen reprennent avec Ji-young, relayée, une semaine sur deux, par une femme plus austère encore, Jin-kyeong.

L'état de sidération de Naoko se dissipe par moments. Quelque chose, qu'on pourrait appeler l'attachement au monde, se décolle par plaques. Sa tristesse demeure, mais elle est entrecoupée d'éclaircies. Naoko se prend à espérer. Lorsque j'aurai joué le rôle qu'on attend de moi, on me laissera repartir.

Parfois, elle accepte de sortir et marche en compagnie de Ji-young ou de Jin-kyeong, laquelle doit avoir vingt ans de plus qu'elle. Rien n'intéresse Naoko. Elle s'aperçoit cependant, à la lecture des slogans sur les pancartes, qu'elle a ingurgité rapidement la langue et l'alphabet de ses ravisseurs. Elle comprend. Quant à parler avec aisance, cela viendra.

Il arrive qu'on la conduise sur les berges du Taedong. À la vue du courant, elle aimerait être aussi légère qu'un fétu de paille pour flotter à la surface et descendre le cours jusqu'à la mer. Il doit bien y avoir une mer au bout, comme un chien au bout d'une laisse ! Ce fleuve si large la fascine. Nulle part, cependant, elle ne remarque de barque qu'elle pourrait détacher, et puis, Ji-young, ou Jin-kyeong, ne la lâche pas d'une semelle.

Un jour, Jin-kyeong annonce qu'elles vont accueillir une nouvelle pensionnaire, une certaine Young-im. Naoko sera chargée de lui enseigner le coréen, puisque la langue maternelle de Young-im est le japonais. Naoko sursaute. Le japonais ? Elle n'est donc pas la seule étrangère dans cette ville ? Et japonaise… Fille de diplomates, ou d'ingénieurs venus travailler ici ? Naoko n'a aucune notion de géopolitique. Elle ignore tout des relations d'hostilité entre les deux pays. Lorsqu'elle a été capturée, elle n'entendait rien à ce qui se passait au-delà des mers, et en classe, l'histoire et la géographie ne l'intéressaient pas. Mais une fille de diplomate, c'est impossible : elle rentrerait chez elle après le cours. Une étudiante, alors ? « Vous êtes japonaise. Vous pourrez mieux que quiconque lui apprendre tout ce que vous avez appris vous-même », dit Jin-kyeong à Naoko.

Quand Naoko écoute Young-im parler, elle croit entendre ses cousins de Niigata. Au lieu de *totémo*[1], celle-ci dit comme eux : *mussanko*. De la même façon, elle prononce *shibuté* au lieu de *sameuï*[2]… Elle a aussi pour habitude d'achever ses phrases par *cha* ou *dacha* : terminaisons qui trahissent son origine comme une plaque d'immatriculation révèle la provenance d'une auto. Lorsque Naoko cherche à la questionner en japonais, Young-im se rétracte et se tourne vers Ji-young, puis elle finit par répondre qu'elle est d'ici, qu'elle vit ici depuis longtemps. Naoko n'en sait pas plus sur cette jeune femme qui avoue vingt ans et qu'elle appelle « grande sœur » bien que ce soit elle, la cadette, qui joue de fait le rôle de tutrice. Quant au métier qu'elle veut exercer, Young-im, après une hésitation, répond infirmière.

Naoko guette le moment où elles pourront se parler sans être épiées, mais Young-im a peur. Chaque cours de coréen se déroule en présence de Ji-young ou de Jin-kyeong, jamais absentes, jamais malades, jamais endormies. Jamais le téléphone ne sonne pour les déranger. Oh ! Ce téléphone… Si Naoko savait quel indicatif composer pour sortir du pays et appeler chez elle, entendre sa mère à l'autre bout… Elle désigne du regard l'appareil à Young-im, mais celle-ci prend un air perdu. Sans doute faudrait-il passer par une opératrice qui refuserait de s'exécuter, se dit Naoko Tanabe avant de laisser tomber son idée. Sans doute est-il impossible d'appeler l'étranger.

Cette Young-im a beau être douce, c'est une forteresse de secrets, mais depuis qu'elle doit lui enseigner

1. « Très ».
2. « Il fait froid. »

les bases du coréen, Naoko ne pleure plus guère. Elle revient à la vie. Aider Young-im l'aide aussi. Young-im ne pleure jamais, et lorsqu'elle voit Naoko s'effondrer, elle lui passe une main dans les cheveux et tente de la consoler. Si seulement Naoko se formait une idée plus précise de ce qui lui est arrivé, pouvait parler à ceux qui ont planifié son enlèvement... Si seulement elle comprenait quelque chose au pays laid et froid dans lequel on l'a transplantée.

Lorsque Jin-kyeong estime que Young-im maîtrise les bases et comprend l'essentiel, elle décide de passer aux cours de philosophie. Naoko et Young-im ingurgitent et régurgitent des maximes, de longs paragraphes qui gravitent tous autour d'un mot que l'on doit prononcer *djoudché*, avec respect. Jin-kyeong adopte une mine sévère lors de ces cours, comme si elle leur administrait des préceptes religieux. C'en est fini de la mansuétude avec laquelle elle enseignait le coréen. La voici intransigeante. Ses élèves doivent ressasser, jusqu'à connaître des passages entiers sur le bout des doigts. On les menace de lourdes punitions en cas de manquement.

*

À certains signes, Naoko Tanabe a compris que sa cohabitation avec Young-im prendrait fin prochainement. Elle en fait des cauchemars. La mine sombre de Young-im, après ses conciliabules avec Jin-kyeong... Naoko capte ces petits mots terribles, glissés par Jin-kyeong à Young-im : Ce sera dans trois jours. Elle ne vit plus. Young-im n'évoque pas *la chose* devant elle. Se retrouveraient-elles seules, elle n'en dirait sans doute pas plus. Le troisième jour, Naoko s'éveille angoissée, mais la journée passe sans que rien ne se passe, si bien que le soir elle ressent ce qui, depuis son arrivée en enfer, s'apparente le plus à de la joie. Elle est toujours dans cet état d'exil à l'écart de sa vie ; sa famille ignore tout de son sort ; les latrines glaciales au bout du couloir ont toujours la même odeur d'égout ; et pourtant Naoko est heureuse ce soir-là.

*

Le départ de Young-im eut lieu la semaine suivante. Il fut déchirant, riche en larmes et pauvre en mots. Naoko ignorait où était envoyée sa compatriote et amie, son garde-fou. Sa canne d'aveugle.

Dans les temps qui suivirent, elle crut devenir folle. D'une certaine façon, elle l'était devenue mais c'était une folie sous contrôle, en connaissance de cause. Elle se mithridatisait à sa propre folie : être un peu démente pour ne pas l'être entièrement.

C'est alors que Ji-young et Jin-kyeong décrétèrent qu'elle était prête. Dans quelque temps, vous serez chargée d'une mission. Naoko s'accrocha à cette phrase et probablement ces mots l'empêchèrent-ils de chuter plus bas.

Trois mois plus tard, Naoko Tanabe était conviée à un mariage. Young-im épousait un Américain. Deux autres Américains étaient présents à ce qui tenait lieu de cérémonie. Le mari de Young-im était considérablement plus âgé qu'elle, se disait Naoko, qui n'aurait pas jugé cela possible. Qu'avait-il bien pu se passer, depuis que Young-im était partie ? Les mariés portaient au revers de leur veste, côté cœur, un badge du Grand Leader tout sourire. Eux aussi souriaient. Ils avaient l'air heureux, épris l'un de l'autre. C'était la première fois que Naoko voyait Young-im radieuse, et elle se dit qu'elle aussi, elle épouserait peut-être un jour l'un des Américains, qu'elle dévisagea, décidément indécise. Elle avait à peine quinze ans. Elle eut beau observer avec bienveillance ces individus trop grands et très ventrus, un peu vulgaires dans leur expression, pour tout dire, aucun ne trouva grâce à ses yeux.

En guise de cadeau, Naoko offrit son seul bien à la mariée, le sac de badminton qu'elle tenait le soir de décembre où un homme, dans une auto blanche, l'avait hélée. Étrange cadeau, songea-t-elle, mais Young-im savait combien l'objet lui était cher. Quand celle-ci prit le sac noir avec un Fuji blanc imprimé dessus, elle se contenta d'embrasser Naoko, sans un autre mot que merci, en japonais. Mais c'était un mot long et cérémoniel. C'était un cortège de syllabes respectueuses. Un merci ému, le remerciement poli et un brin solennel des circonstances d'exception, et non celui, plus bref, auquel recourent ordinairement deux amies.

La fête passée, Young-im disparut comme elle avait reparu. Il ne servait à rien de demander quoi que ce fût à son sujet. Où donc le couple logeait-il ? Naoko Tanabe abandonna aux hasards de la vie, qui devaient bien exister ici aussi, le soin de les réunir de nouveau. Cette perspective, parce qu'elle était très incertaine, l'emplissait d'une tristesse un cran plus élevé que celle qu'elle avait pu éprouver jusqu'alors.

Naoko Tanabe avait encore changé de logement comme d'instructrice. Elle avait repris l'habitude de s'accouder à la fenêtre du côté est. Les passages de migrateurs étaient rares, mais elle aimait être là quand ils craquetaient dans le ciel en formant et déformant des pointes de javelines lentes qui, à chaque commencement de l'automne, lui montraient la direction du Japon. Au cours de ses rares sorties accompagnées, dans le centre, elle croisait des groupes d'écolières. Collégiennes ? Lycéennes ? Elle aurait été bien en peine d'y répondre avec certitude. Elles lui faisaient penser à ses camarades. Les vacances de printemps étaient passées depuis belle lurette au Japon. Les cours avaient repris. De nouvelles classes s'étaient formées sans elle. Que devenait Midori ? Pensait-elle à elle, encore ? Ces filles, dans la rue, auraient pu être japonaises. Jupes noires plissées, chemisier blanc à petit col et bretelles sombres. La plupart avaient une queue-de-cheval qui dodelinait, quand elles couraient, et retombait sur leurs foulards rouges.

Un matin d'hiver, on vint la chercher pour une « mission » dont elle ignorait tout. Un véhicule militaire se gara au bas de l'immeuble et son moteur ne cessa pas de tourner le temps qu'elle descende. Il avait gelé à pierre fendre et la neige bleuissait dans la lumière du petit matin quand elle se hissa à l'arrière. On roula un long moment vers une banlieue, sans que nul lui adresse la parole. À l'entrée d'un complexe délimité par de hauts murs de brique peints en jaune et surmontés de barbelés, des sentinelles aux chapkas sombres contrôlèrent le laissez-passer, puis la barrière se leva et le véhicule pénétra dans la cour.

À l'étage, dans un bureau mal chauffé, une femme en uniforme, debout aux côtés d'un homme silencieux assis à un bureau, expliqua ce qu'on attendait d'elle. La jeune fille grelottait. Elle devrait parler japonais et seulement japonais pendant les cours, le coréen était interdit. Elle viendrait là trois jours par semaine. L'homme assis toussota sans rien dire.

Naoko Tanabe allait jouer un rôle. Si elle donnait satisfaction, peut-être lui accorderait-on une gratification, comme le droit d'écrire chez elle. De téléphoner. Ou de repartir ? Elle ne voulait pas se bercer d'illusions, simplement jouer le jeu du mieux qu'elle pouvait.

Chaque soir, la jeep bâchée la reconduisait au logement où elle retrouvait la nouvelle instructrice, qui ne lui posait aucune question.

« Vous aurez affaire à des Coréens qui parlent déjà un japonais excellent. Ce que vous aurez à… », lui avait expliqué la femme dans le bureau froid. Qui étaient ses élèves ? Ils avaient dans les vingt à vingt-cinq ans pour la plupart et portaient tous l'uniforme. Pour le reste, elle ignorait tout d'eux et se gardait de poser des questions. Effectivement, ils parlaient un japonais étonnamment bon, si bien que, le premier jour, elle n'avait trop su que faire d'eux. Que voulez-vous apprendre ? Qu'avez-vous besoin de savoir ? Elle les avait interrogés en toute humilité. Quand ils lui avaient précisé ce qu'ils attendaient, elle en était restée muette. Si sa vie n'avait pas été d'une telle tristesse, elle aurait éclaté de rire.

Pendant les premiers cours, ils voulurent l'entendre parler de sa petite enfance. Ils l'écoutaient en prenant des notes et Naoko se demanda ce qu'ils pouvaient bien trouver là d'instructif. S'ils étaient ethnologues ou sociologues, pourquoi porter l'uniforme ? Ils insistaient pour qu'elle leur apprenne des berceuses. Des berceuses… Elle avait oublié bien des paroles mais se pliait à leur demande. Devant ces femmes et ces hommes en tenue kaki, elle fredonnait d'une voix hésitante ce qui lui revenait en mémoire. Ils semblaient boire ses paroles.

> *Nen nen kororiyo okororiyo...*
> *Bo-yawa yoikoda nenne shina*[1]*...*

Le plus sérieusement du monde, ils répétaient après elle les chansons jusqu'à ce que ça rentre. Ils buvaient son enfance. Était-elle tombée dans un asile d'aliénés ?

> *Mussundé hiraïté,*

chantaient-ils avec le plus grand sérieux, comme si leur sort en dépendait ; comme s'ils mémorisaient là un message crypté. Et tout en détaillant leurs uniformes, Naoko songea un jour qu'elle était peut-être en train d'apprendre des comptines à des tueurs.

> *Mussundé hiraïté.*

« Vous ferez d'eux de parfaits Japonais. Nul ne doit pouvoir imaginer qu'ils ne sont pas de votre pays. La copie doit être parfaite ; les faux-monnayeurs les plus chevronnés devront vous envier. Vous leur enseignerez le plus difficile : comment se comporter en Japonais », lui avait-on dit à la fin de la première journée, en la raccompagnant jusqu'au véhicule dont le moteur parfumait le froid de vapeurs d'essence.

Durant la nuit, des rêves inhabituels avaient jalonné son sommeil. Sommeil semé d'embûches, entrecoupé

---

1. « Dors bien, tu es un bon bébé, dors bien... »

de courts-circuits. Naoko Tanabe s'était éveillée bien avant l'aube, assaillie par des émotions contradictoires et violentes auxquelles ses « cours », en la replongeant dans le monde d'avant, n'étaient pas étrangers.

Le lendemain matin, elle avait retrouvé les mêmes uniformes verdâtres dans la salle glaciale, mais certaines têtes avaient changé. Elle s'était présentée en déclinant les nom et prénom coréens qu'on lui avait donnés. Ce jour-là, elle avait remarqué une femme un peu plus jeune que les autres, aux traits agréables, dont les yeux brillaient d'intelligence. Elle avait chanté un air nostalgique qui lui était cher : « La colline aux fleurs d'oranger ». Rapidement, ils avaient mémorisé les paroles et chantaient ensemble, pendant que dehors il neigeait faiblement, quand soudain Naoko Tanabe avait éclaté en sanglots. La salle s'était tue, attendant qu'elle se reprenne. La femme au beau visage avait continué de la fixer de ses yeux pénétrants.

Les jours suivants, ils avaient voulu tout savoir des gestes spécifiques au Japon. Elle les leur avait expliqués, et avait constaté que l'on comptait de la même façon avec les doigts en Corée et à Niigata. On signifiait « non, impossible » en croisant les avant-bras devant sa poitrine.

Ils étaient insatiables. Elle leur apprenait à attirer l'attention des dieux en tapant bruyamment dans les mains, au temple, et à faire ses ablutions à la fontaine à l'aide d'un récipient en bois ; à se laver le visage à la japonaise ; à s'incliner ni trop ni trop peu pour remercier, saluer ; à marquer l'étonnement à voix haute, en allongeant des *hô* ou des *hâ* ; à marcher à gauche, dans un escalier, sur le trottoir et à dépasser quelqu'un par la droite (sauf, précisait-elle, si vous êtes d'Ōsaka, où vous faites l'inverse). À ces leçons de comportement succédaient des cours de langue – l'argot, les finesses de l'écriture. Durant des semaines, elle leur fit reprendre « La colline aux fleurs d'oranger » comme s'il s'était agi d'un hymne. Un autre chant, « Akai kutsu » (Les chaussures rouges), la laissa triste durablement.

> *Une jeune fille aux chaussures rouges*
> *A été emmenée par un étranger.*
> *Elle est montée à bord d'un bateau,*
> *sur un quai de Yokohama,*
> *Emmenée par un étranger.*

Allongée sur sa natte, le soir, elle cherchait des réponses à leurs questions, et il lui arrivait d'en perdre le sommeil. Dans quel pays était-elle donc tombée où la formation militaire s'appuyait sur l'enseignement de berceuses ? L'idée qu'elle avait été capturée pour *ça* l'accablait. S'ils sont fous à ce point, je ne suis pas près de recouvrer la liberté. Puis elle se reprenait. Tout ça doit avoir un sens que je ne saisis pas. Personne, autour de moi, n'a un comportement d'aliéné.

Naoko consacrait beaucoup de temps à déconstruire le japonais trop lisse de ses élèves. Elle devait lui donner une patine et des aspérités. Vous vous exprimez comme des premiers de la classe, leur disait-elle. Vous parlez la langue de vos manuels. Je vais vous apprendre à parler mal. Et elle prenait un malin plaisir à leur inculquer des tournures familières et des maladresses, à leur faire avaler les grossièretés que ses parents l'avaient empêchée de proférer. Et si ces hommes replets et satisfaits échangeaient des clins d'œil complices et des sourires en coin, la jeune femme au regard intelligent gardait son sérieux et ne disait mot. Compatissait-elle ?

Ils voulaient tout savoir. On avait interrompu l'enfance de Naoko et on lui demandait de l'enseigner à des adultes. Parfois, elle se disait que, à titre de vengeance, elle aurait pu glisser dans ses leçons quelque absurdité qui les ridiculiserait, voire les trahirait un jour. Inventer des mots ou des règles. Créer pour eux seuls des champs linguistiques imaginaires... Mais elle n'osait pas, craignant sottement qu'ils ne s'en aperçoivent. Et aussi parce que, au fond d'elle-même, groggy, mutilé, mais bien vivant, gisait toujours l'espoir. Si je joue le jeu, je m'en sortirai. On me renverra chez moi.

On lui demandait quels avaient été les événements les plus marquants des dernières années, au Japon, et elle était bien démunie pour répondre. Elle prenait la nuit pour réfléchir et revenait le lendemain avec quelques éléments. Avec ses mots à elle, avec ses souvenirs décousus, elle parla de l'« incident » d'Asama-Sansō, dont elle avait vu des images à la télé, comme tout le monde, de l'Exposition universelle d'Ōsaka ou du détournement du vol 472 de Japan Airlines ; sur certains points, elle sentait bien qu'elle ne faisait pas le poids. Elle calait, elle qui avait dû être conçue peu avant les Jeux olympiques de Tōkyō et ne pouvait pas, avec sa mémoire maigrelette, remonter en deçà de 1968 ou 1969.

Naoko Tanabe s'estimait plus douée pour leur parler de télévision et de ses émissions préférées, dont ils étaient aussi friands que de comptines. Quand elle évoqua *Nodo Jiman*, on était au début du dégel. Le soleil forait par endroits la neige sale des terrains vagues. *Nodo Jiman* : au Japon, tout le monde connaissait ce concours de chansons amateur et elle se rappelait le jour où l'émission avait été tournée dans sa ville. Elle n'avait pas plus de six ou sept ans et elle était grippée.

Elle avait tenu pourtant à quitter son lit, blottie dans les bras de sa mère qui l'avait portée, enveloppée dans sa couverture bleue, jusqu'au séjour où le téléviseur noir et blanc était allumé. Lorsqu'elle revit ce moment d'infinie douceur – sa mère la prenant précautionneusement, la déposant sur le sofa, lui caressant les cheveux puis ramenant sur elle le plaid de sorte qu'elle ne prenne pas froid –, elle eut l'impression de chuter au fond d'une oubliette, d'où elle apercevait encore le ciel océanique et lumineux de l'enfance, encadré par la margelle. C'était comme si ce souvenir était en elle depuis des décennies ; comme si sa mère avait gagné l'au-delà longtemps auparavant… Ce qui atterrait Naoko, c'était que ce souvenir datait seulement de quelques années ; sa mère était selon toute vraisemblance en vie, et c'était elle, encore jeune, qui errait dans les limbes. Pour la première fois, elle envisagea la possibilité que sa situation dure beaucoup plus longtemps qu'elle ne l'avait cru.

Oui, parfois, elle se persuadait qu'elle enseignait des comptines à des tueurs. Qu'avaient ces inconnus en uniforme à passer au peigne fin l'enfance d'une collégienne ? Si elle avait pu imaginer, enfermée dans la cale du bateau, qu'on la kidnappait pour la faire causer de *Nodo Jiman*… Ils auraient aimé en savoir davantage sur le cinéma de son pays mais elle n'était pas capable d'en dire grand-chose, hormis sur *Godzilla*. Et sur Tora-san, naturellement. Elle avait vu la série complète des films *Otoko wa tsurai yo*[1], avec Tora-san, vendeur ambulant et bonimenteur optimiste dont elle aimait suivre les pérégrinations à travers le Japon et les retours

1. « C'est dur d'être un homme. »

à Shibamata, où il confiait à sa sœur et aux copains du quartier ses déceptions amoureuses. Pour ce qui était de la télévision, Naoko ne pouvait parler que de quelques émissions, comme le *Golden Show* du midi, avec son générique jazzy. Que leur dire de plus ? Ils n'avaient pas grandi dans la connivence télévisuelle qui liait les enfants japonais ; ils ignoraient de quoi avait l'air Tatsuo Kaneko, le présentateur, et elle n'allait tout de même pas leur faire un dessin.

En parallèle à ses cours à l'École militaire supérieure, elle était déposée une fois par semaine devant les grilles d'une résidence luxueuse où ses élèves n'étaient que deux, à peu près de son âge. On lui avait longuement expliqué comment se comporter devant eux. Naoko se limitait à des leçons de japonais pour débutants. Le temps passait dans la bonne humeur. Il arrivait à ces deux frères d'éclater de rire en se rendant compte de leurs bourdes. Naoko oubliait quelques instants ses prévenances et les conventions et se laissait gagner par leur hilarité. Qui étaient ces élèves-là ? Leurs parents devaient être haut, très haut placés. C'était la première fois qu'elle riait autant depuis qu'elle avait posé le pied sur cette terre étrangère. L'atmosphère était détendue, si bien qu'au bout de neuf, dix mois, Naoko s'enhardit à leur demander : quand je vous aurai tout donné de ce que je sais, pourriez-vous appuyer ma demande auprès de vos parents – pouvoir rentrer dans mon pays ? Le silence tomba dans la pièce. Les visages se tendirent. On aurait dit que la température avait chuté de plusieurs degrés. Naoko Tanabe poursuivit son cours, mais elle n'avait plus le cœur à grand-chose. Elle s'en voulait. Elle n'aurait pas dû. Toujours cette maladresse qui la desservait, depuis toute petite, quand il fallait demander une faveur aux parents. *Cette* maladresse, qui lui semblait faire partie de son indécrottable ADN. Et là, encore. Encore et toujours. Elle était en colère contre elle-même. L'un des frères lui jeta des regards singuliers, au-dessus d'un sourire énigmatique un peu paterne, qu'elle ne lui connaissait pas. Comme si, pour la première fois depuis le début des cours, il s'apercevait de son existence. Et quand, plus tard, Naoko Tanabe se retira, il la héla dans le couloir. Elle se retourna mais, le visage sévère, il se ravisa en agitant la main d'un petit geste de dénégation.

À l'École militaire supérieure, les élèves posaient désormais des questions sur les chansons les plus populaires et Naoko Tanabe leur parlait de groupes et de vedettes dont ils ignoraient tout, comme si elle avait passé son enfance sur la face cachée de la Terre. Son enfance… Elle était bien révolue, son enfance… Elle ne pouvait leur faire entendre Chieko Baishō, dont les disques étaient restés chez elle, dans sa chambre donnant sur l'arrière, le jardinet… Au mieux pouvait-elle fredonner les airs ou les paroles qui lui revenaient en mémoire, par lambeaux, ou leur raconter la vie des cinq « garçons dans le vent » des Blue Comets, avec leurs vestes rouges à boutons clairs. Ou parler des Tigers et de leur tube « Smile for Me », qu'elle chantonnait souvent en rentrant du collège, comme un signe prémonitoire :

> *One moment of sadness*
> *Brings you gladness…*
> *And you will learn,*
> *While I'm away*
> *You must pray for my return.*

Parce que compter les obsédait, Naoko leur faisait répéter comment s'en sortir dans les mille et un cas de figure de la vie courante. Elle ne réussissait pas à comprendre pourquoi ils voulaient être si infaillibles dans le maniement des chiffres, et elle leur demandait des heures durant de traduire le plus rapidement possible cinq ours, cinq aigles, cinq souris, cinq chaussettes, etc., car dans chaque cas, de la même façon qu'en coréen, le suffixe accolé au chiffre changeait.

À force de parler, Naoko Tanabe avait la sensation de se vider de sa langue maternelle comme de son enfance. Tout laissait croire qu'elle témoignait d'une planète lointaine à laquelle elle avait été arrachée à des fins ethnologiques, et qu'elle continuerait ainsi jusqu'à ce que mort s'ensuive. C'était bien cela, Naoko Tanabe s'écoulait en eux : c'était une transfusion d'elle-même – souvenirs et jours anciens qui glissaient d'elle à eux –, transfusion de mots, de noms et d'événements. Quand ses élèves seraient devenus des Naoko Tanabe, elle-même aurait tari. C'en serait fini d'elle.

Les saisons se succédaient. Parfois revenait à Naoko l'envie de larder ses cours d'erreurs, d'inculquer une incongruité, comme une bombe à retardement qui, un jour, ferait voler en éclats la vie de ces types. Elle se l'interdisait pourtant, en vertu de l'espoir inextinguible d'être renvoyée chez elle. Rendue à l'enfance.

La nuit, par des cheminées invisibles, des poussières de souvenirs remontaient pour se déposer dans ses rêves. Un matin, après avoir fredonné devant ses élèves la « Marche de 365 pas », elle revit les visages de ses cousines de Niigata, en compagnie desquelles elle avait regardé Kiyoko Suizenji à la télé. Oh ! Qu'il lui parut soudain à une distance effrayante, ce dimanche...

Puis les cours prirent fin, pour certains élèves. Parmi eux, il y avait la jeune femme qui lui adressait de temps à autre un sourire bienveillant. À la fin de l'heure, Naoko s'arrangea pour quitter la salle à ses côtés et lui glisser à voix basse : le nom par lequel vous me connaissez n'est pas le mien. Je ne m'appelle pas Hyo-sonn, mais Naoko. Elle attendait de l'autre qu'elle opine et lui confie aussi son prénom, mais elle n'obtint que le silence.

Combien de mois, combien d'années passèrent encore ? Naoko avait bien du mal à graduer le temps de sa vie. Alors qu'accompagnée d'une instructrice elle faisait des courses au Tae Dong Gong, le magasin en dollars où elle était allée fréquemment avec Young-im, elle crut voir celle-ci entrer. Aussitôt, elle se tourna vers l'instructrice, qui lui fit un signe d'assentiment. En approchant, Naoko découvrit un bébé endormi au creux des bras de Young-im, suivie de son Américain. À deux pas, l'instructrice les surveillait, si bien que les deux jeunes femmes ne parlèrent que de l'enfant – quatre mois de vie, une fille prénommée Eun-ok. Si l'instructrice n'avait pas épié leur conversation, elles auraient remis leurs courses à plus tard et se seraient attablées à un café. Elles auraient échangé leurs adresses et juré de se revoir. Mais ce n'était pas possible, et puis, où trouver un café ?

Naoko sentit sur son bras une pression discrète de l'instructrice. Le visage de lune de Young-im s'éclaira d'un grand sourire en guise d'au revoir. Elle est heureuse, se dit Naoko. Elles souhaitèrent que le hasard les remît en présence, peut-être devant un comptoir de ce magasin où ne s'aventuraient pas les Coréens ; où les sucreries chinoises voisinaient avec les poêles à frire et les couteaux est-allemands. La petite Eun-ok se mit à pleurnicher puis poussa un cri strident, annonçant de cette façon l'appareillage de la famille. Naoko les regarda s'éloigner. L'Américain avait posé une main tendre sur l'épaule de sa femme. Dans l'autre, il tenait le sac de badminton.

Deuxième partie

Toute une vie
à regretter deux glaces

En lui tournant le dos, j'ai cru refermer sur elle une porte de prison. La reverrais-je un jour? Si ce devait être le cas, cela se passerait certainement dans un magasin de ce genre, à la sauvette, pendant les quelques minutes qu'on nous accorderait... Quand nous habitions sous le même toit, nous portions les noms qu'on nous avait donnés à notre arrivée dans le pays, moi Young-im, elle Hyo-sonn, et je m'en veux de ne jamais avoir osé lui parler de moi, à la dérobée, ni de lui avoir chuchoté mon vrai nom. J'aurais aimé qu'elle sache qui j'étais : Setsuko Okada. Mais la simple peur d'être surprise par notre gardienne ou enregistrée par un micro m'en empêchait ; j'étais tombée par hasard sur l'un de ces minuscules mouchards, chez nous, et je soupçonnais cette sorte d'insecte d'avoir fait des petits. De Hyo-sonn, j'avais vite découvert l'identité véritable sans qu'elle n'ait rien d'autre à faire que de laisser en évidence son sac de badminton. Au marqueur, il portait cette inscription : « Tanabe Naoko », jusqu'à ce que Ji-young lui demande de l'effacer. Par la suite, ma langue a fourché plusieurs fois. Lorsque je l'appelais « Naoko », In-sook faisait semblant de ne rien remarquer. Naoko m'en était-elle reconnaissante ? Elle avait vite appris à feindre l'indifférence elle aussi. Nous vivions dans une fiction. S'appeler par des noms de scène, ignorer comment l'autre s'était retrouvée là. Tout n'était que supputations, hypothèses jamais recoupées.

Réveillée par les gestes maladroits de Naoko, qui a voulu la prendre quelques instants dans ses bras, Eunok vient de s'assoupir de nouveau. Elle est mystérieusement lourde quand elle dort, bien que son poids soit si faible. Que faudrait-il pour qu'elle en prenne enfin un peu ? Rien ne me réconforte tant que son souffle et son petit corps chaud tassé contre ma poitrine, quand je marche.

Jim me tire de mes pensées en désignant des produits qui manquaient le mois dernier. Qu'en dis-tu ? Du sel ! Des pâtes ! Il a dû se rendre compte que j'étais ailleurs et je me tourne vers lui. Oh, Jim ! J'aimerais qu'il reste figé dans l'expression qu'a son visage à l'instant. Elle me rappelle soudain ses yeux curieux sous des sourcils froncés, le jour de mon arrivée chez lui, alors qu'il ignorait quelle femme allait lui être « livrée » et attendait sur le pas de sa porte. Jim, ne bouge pas, lui ai-je dit en souriant entre deux rayons,

si bien que je m'suis figé, me demandant ce qu'elle pouvait avoir encore en tête

– Tu as exactement l'expression inquiète du jour où on m'avait conduite chez toi, sous la pluie battante, Jim...

Si je m'en souviens ! C'était ma troisième « cuisinière » en un an, et de trois, je m'étais dit... J'avais tout lieu de craindre le pire, après les deux précédents phénomènes... On ne m'avait rien dit de la nouvelle et je m'attendais à ce qu'ils puisent dans le même lot de trois quarts dingues : savoir dans quel asile ils pouvaient bien les dégoter...

On m'avait juste dit qu'il était américain, ce qui avait aiguisé ma curiosité et dans le même temps mes craintes, étant donné la haine, ici, envers tout ce qui vient des États-Unis. Mais je m'étais habituée à ne pas poser de questions. Les réponses n'avaient généralement aucun rapport avec mes interrogations. Sous le déluge, le chauffeur a mis du temps pour trouver l'embranchement du chemin,

De loin, quelque chose m'a intriguée. Elle n'était pas comme les autres. Je parle de la voiture. Cette fois, rien à voir avec la guimbarde chinoise habituelle. Une auto noire russe, reconnaissable malgré la pluie battante, et ça m'a rassuré. Ce coup-ci, t'as droit à l'élite, ce ne sera pas la énième crapule – je parle de la cuisinière.

... et c'est là que le véhicule s'est embourbé. Nous étions en vue de la maison. Nos roues arrière aspergeaient copieusement la seconde voiture du convoi, dont les essuie-glaces n'arrivaient plus à dégager le pare-brise. Tout ce que les roues faisaient, c'était creuser un peu plus les ornières.

La bagnole noire s'était arrêtée et je me demandais bien ce qu'ils foutaient là-dedans à pas sortir. Puis j'ai entendu le moteur gémir, les roues patinaient et ça giclait. Au bout d'un moment les portières se sont ouvertes, comme des nageoires latérales de requin, et trois sbires chapeautés en ont jailli. L'un d'eux a aidé la femme, dernière personne à poser le pied dans ce merdier.

Je me suis abritée sous un parapluie mais ça ne servait à rien. La pluie cinglait à l'oblique, presque à l'horizontale. J'étais obnubilée par mes chaussures – des talons aiguilles... Qu'est-ce qui m'avait pris ?

De quoi avais-je l'air avec mes coquetteries et ça aux pieds, quelle idiote…

Un des types l'a aidée à avancer car elle avait l'air de tituber. Ce n'était pas beau à voir. Au fur et à mesure qu'elle approchait, pourtant, j'ai constaté à quel point elle était jeune, et puis jolie. Si différente…

L'Américain se tenait dans l'encadrement de la porte. De petite taille pour un Blanc, et sensiblement plus âgé que moi. Sur l'île d'où je viens, j'avais rarement l'occasion de croiser des Blancs. Celui-ci n'était pas beau du tout, mais il avait l'air bonasse, inquiet; et timide, ce qui m'a rassurée.

Il tirait de la langue coréenne une mélodie bizarre, tout en la maîtrisant bien mieux que moi. Les présentations terminées, on m'a laissée là avec ma valise trempée, et c'est ainsi que ça a commencé, un jour de pluie interminable, face à lui qui ne savait quoi dire.

Quel charme! Ce brin de femme, une cuisinière? Ça, chez moi? La vie pouvait donc encore ménager des surprises de cette taille dans l'asile où je moisissais depuis des années… Et puis non, je me suis dit. Ce doit être un piège. Méfie-toi, Jim. Elle est certainement de leur côté, envoyée pour te nuire. Tiens-toi à carreau.

Il me respectait. Il n'a pas cherché à profiter de la situation et m'a installée dans une chambre pour moi où il a déposé silencieusement ma valise qui gouttait, avant de me dire voilà, c'est ici que la précédente a logé, j'espère que vous vous plairez?

Sa valise contenait à coup sûr un magnéto pour surprendre ce que je dirais, et qui sait quoi d'autre encore, car ils ont toujours voulu m'espionner. Je me suis vite aperçu qu'elle parlait un coréen pataud, avec un putain d'accent, et j'ai fini par lui demander d'où

elle venait, nom de Dieu. Du Japon !? Je ne m'attendais pas à cette réponse... Ma question suivante l'a embarrassée : Êtes-vous une de ces Japonaises qui ont été enlevées ?

J'ai eu peur que des micros aient été posés chez lui et je lui ai fait signe de se taire, ou de parler bas ; après quoi, oui, j'ai acquiescé d'un signe de la tête.

Devant sa frayeur, ma méfiance est tombée d'un coup et j'ai changé de ton, parce que j'avais compris qu'elle était sincère. Japonaise ! Enlevée !

– Setsuko, mais où as-tu la tête ? Je te parle et tu ne réponds pas. J'aimerais qu'on en finisse avec ces courses.

Toute la journée, je me suis sentie ailleurs, dans des souvenirs tantôt pénibles, tantôt agréables, comme sous une douche dont la température de l'eau varierait en un rien de temps. Plusieurs fois, sur le chemin du retour, puis chez nous, Jim m'a reprise parce que je lui répondais à côté, ou à retardement. Ensuite, quand il m'a surprise devant nos photos de mariage, il s'est attendri. J'avais le sentiment qu'elles dataient de la nuit des temps. Peut-être à cause du noir et blanc. La plupart d'entre elles ont pour toile de fond la statue du Grand Leader, au pied de laquelle nous avions déposé un bouquet. Je portais une tenue traditionnelle coréenne et une broche elle aussi à l'effigie du Grand Leader. Sur la photo de groupe, on distingue Bill, Richard, et puis Aïcha, la compagne de Bill, et la belle et fragile Ileana, Ileana Enescu, dont Richard venait de faire la connaissance. En retrait, Naoko, légèrement floue, comme si, d'elle-même, elle avait entrepris de s'effacer.

La dernière photo avait été prise au cours du dîner. Tofu, pieuvre et gâteaux de riz au menu : nous nous étions bien débrouillés. Mais c'était une autre époque. Tout ne manquait pas encore... Sur ce cliché également, Naoko apparaît en retrait, pensive... Avait-elle compris, elle, la véritable raison de son enlèvement ? Moi non. Des agents secrets ne pouvaient pas avoir traversé la mer, m'avoir jetée dans un sac et m'avoir conduite ici simplement pour me livrer comme cuisinière ou épouse à un Américain. Mon esprit se braquait contre une telle absurdité et m'empêchait de dormir, maintenant, étendue au côté de Jim. Il ne faudrait jamais se demander *pourquoi*. Ici, d'ailleurs, c'est un mot que l'on n'entend jamais.

Il aurait mieux valu ne pas recroiser Naoko. Nos brèves retrouvailles ont bousculé dans ma mémoire bien des souvenirs et des émotions, qui se descellent par plaques et se détachent. C'était une avalanche de passé. Ma timidité des premières semaines, la timidité de Jim, nos pudeurs, l'impression dérangeante et culpabilisante d'une ébauche de bonheur, car je n'arrêtais pas de penser à ma mère et à son sort. Puis le premier baiser, et la décision de nous marier. Aussi, cette nuit, je ne dors pas.

– Qu'est-ce qu'il y a, Setsuko ? Tu n'es pas bien ? Tu n'arrêtes pas de bouger.

– Je n'arrive pas à fermer l'œil... Je me sens toute bizarre depuis que je l'ai revue. Elle est si seule. Elle doit souffrir encore plus maintenant qu'elle sait que j'ai un enfant. Et puis, elle est si jeune. J'ai eu un choc. Naoko est très jeune et je ne suis pas beaucoup plus âgée qu'elle. Sept ans de plus. Elle m'appelait affectueusement *onéé-san*[1], tu sais, quand nous habitions

---

1. « Grande sœur ».

ensemble. C'est le seul mot de japonais que nous nous autorisions.

– Vous êtes jeunes, et alors ?

– Il y a une chose que je ne t'ai pas dite. C'est au sujet de ma mère. Je t'ai déjà raconté comment les types avaient bondi sur nous et nous avaient bâillonnées. Ils m'avaient jetée dans un grand sac et je n'avais pas pu voir la suite. Je n'entendais plus ma mère, je ne pouvais plus crier... Au bas du pont coule une rivière. La mer n'est pas loin. Un des gars m'avait chargée sur son épaule puis m'avait déposée à bord d'un canot à moteur qui avait démarré aussitôt. La seule chose qui m'empêchait de paniquer, c'était la pensée de ma mère. Je voulais savoir si elle était à bord elle aussi ou s'ils l'avaient abandonnée sur la route. S'ils en avaient après moi ou après nous deux. Que me voulait-on ? Au bout d'un moment, le moteur du canot s'était mis à tourner moins vite. Nous approchions de quelque chose. Les types, qui parlaient une langue étrangère (à ce moment-là, je me disais que c'était ou du coréen, ou du chinois), m'ont transportée de nouveau. Comme la lumière qui filtrait à travers les mailles du sac avait fortement diminué, j'ai cru que nous étions entrés dans une grotte ou un bâtiment. En fait, nous venions de pénétrer dans le ventre d'un navire beaucoup plus gros. Ils m'ont portée jusqu'à une cabine et m'ont tirée du sac. Pour la première fois, je les avais en face de moi. Pour peu de temps. Bientôt, je me suis retrouvée seule dans l'obscurité de ma cabine, à tendre l'oreille. À un moment, j'ai entendu plusieurs voix, assourdies, et j'ai compris à l'intonation qu'on parlait japonais quelque part. Impossible de savoir ce qui se disait. Qui parlait ? Cela, je ne te l'avais pas raconté jusqu'à maintenant car sur le coup, je n'y ai pas attaché d'importance. J'ignorais que nous nous dirigions vers la

Corée et que les types étaient coréens… Plus tard, quand ils m'ont permis de monter sur le pont, ils m'ont assuré qu'ils avaient laissé maman sur la rive, ligotée, et je les ai crus. Mais en revoyant Naoko, j'ai eu un déclic. J'ai su qu'ils m'avaient menti. Ils n'ont pas laissé maman à terre, j'en ai l'intime conviction. Ils ne cherchaient que des personnes jeunes, comme Naoko et moi, capables d'apprendre vite leur langue, de s'adapter, de former des espions ou je ne sais quoi d'autre ; peut-être de devenir elles-mêmes des espionnes. Et ma mère leur aura paru trop vieille.

– Ils l'auront matraquée et abandonnée sur le bas-côté, près de la rivière.

– C'est ce que j'ai cru, les premiers temps. Et puis les échanges en japonais, sur le bateau, me sont revenus en mémoire. Ils l'avaient embarquée avec moi, j'en suis certaine. Après l'avoir tirée hors du sac, ils ont dû s'apercevoir qu'elle était trop âgée. Quand je suis montée sur le pont, plus tard, les membres de l'équipage n'échangeaient qu'en coréen. Avec qui auraient-ils pu parler japonais sinon avec elle ?

– Et ils en auraient fait quoi, d'après toi ?

– Ils l'ont jetée par-dessus bord, Jim.

*

Finalement, ils m'ont autorisée à monter sur le pont et à prendre le frais loin des odeurs d'essence et du vacarme de la cale. Ils disaient que nous arriverions le lendemain. Où donc ? Motus. Il y avait bien quinze hommes à bord. Celui qui s'exprimait le mieux en japonais m'a assuré que je serais bien traitée, que je n'avais pas de raison de m'inquiéter. À un moment, un navire est apparu à l'horizon et on m'a fait regagner précipitamment la cale, où l'on m'a bâillonnée de nouveau, jusqu'à ce que l'alerte soit levée.

Le lendemain matin, on m'a débarquée dans un port, sans maman. À l'écriture sur les pancartes, j'ai compris, moi qui n'avais jamais mis les pieds à l'étranger, que j'étais en Corée. Sud ? Nord ? Les affiches géantes me rappelaient des images de Corée du Nord vues à la télé. J'ai su qu'en fin d'après-midi je prendrais un train en compagnie de deux des types du bateau. Des types courtois, le regard un peu fuyant, qui ne répondaient à mes questions qu'après un silence.

Le port s'appelait Ch'ŏngjin. Comme ils ne savaient que faire de moi en attendant le train, ils m'ont suggéré d'aller en bord de mer, où des habitants, pantalons retroussés, ramassaient des coquillages. Une quarantaine d'heures après avoir été jetée dans un sac, je me retrouvais à récolter des palourdes dans une odeur de marée basse et une moiteur intenable. On m'avait confié un petit râteau et une fourche pour dégager le sable et dénicher les mollusques, que je jetais dans un seau. J'avais du mal à contenir mes larmes. Ces palourdes, tout comme moi, se croyaient à l'abri sous un toit de sable et on les arrachait brutalement à leur bien-être.

Ma nouvelle vie a commencé sous ce ciel bas et triste de la mi-août, sur une plage jonchée de débris où j'étais libre de marcher pieds nus, aussi loin que je voulais. Mais à quoi bon, loin ? Où serais-je parvenue sans argent ni papiers, sans connaître un traître mot de leur langue ? Dans le train, j'ai eu droit à un compartiment pour moi seule. Je regardais par la vitre le soir tomber sur ce pays aux quais de gare déserts. À ce moment-là, j'étais encore persuadée que ma captivité serait de courte durée. On m'échangerait tôt ou tard contre un prisonnier de l'autre camp ; à cette pensée, un calme profond m'envahissait. Et puis, j'ai toujours tendance à considérer qu'il ne faut pas attacher d'importance à ce qui ne dépend pas de nous.

Pas une seconde, ils n'ont craint que j'abaisse la vitre pour plonger dans la nuit. À l'arrivée dans la capitale, au petit matin, une auto nous attendait.

Les jours suivants, mes illusions de libération prochaine ont été mises à rude épreuve. Je me trouvais dans une zone grise entre cauchemar et réalité, étonnée qu'un tel pays existât à quelques heures de bateau de mon île.

Maintenant, alors que le sommeil se refuse à moi quel que soit le flanc que je lui présente, je me demande comment j'ai fait pour tenir, à l'époque. À l'époque ! J'en parle comme si c'était il y a des lustres et comme si le temps ne coulait pas à la même vitesse, ici. Jim s'est rendormi. J'envie son sommeil de bébé. Il est vrai qu'il est arrivé sur cette face cachée de la Terre longtemps avant moi. Rien ne l'étonne plus.

Les premiers temps, ils m'ont changée plusieurs fois de résidence. Je n'avais strictement rien à faire et il m'était interdit de sortir. Qui décidait de mon sort ? Qu'attendait-on ? Il ne me restait qu'à mâcher et remâcher des idées noires… À Sadogashima, pour rentrer à la maison, deux itinéraires s'offraient à ma mère et moi, le jour où nous avions été kidnappées. Sur mon insistance, nous avions opté pour la route du pont, parce que je voulais faire un crochet par le marchand de glaces. Quand j'étais enfant, ma mère répétait que ma gourmandise finirait par me perdre, elle avait raison… Elle ignorait qu'elle la perdrait elle aussi. Elle avait encore la cuisine à nettoyer et le dîner à préparer et aurait préféré s'éviter un détour, mais j'avais insisté jusqu'à ce qu'elle cède. Si je m'étais rangée à son avis, nous aurions pris le chemin le plus rapide et nous n'aurions pas été enlevées.

Pourquoi me changeait-on si souvent de lieu ? À peine avais-je le temps de m'habituer à un endroit, à ses ombres et à ses lumières, qu'on me conduisait ailleurs, toujours à la périphérie de la ville que je ne voyais qu'à travers les vitres d'une auto. Tout au long des trajets j'apercevais le portrait du même homme poupin, rigolard et binoclard, qui avait l'air de me narguer personnellement. Qui était-ce ? Leur dieu ? Leur chef ? Je souffrais de ne pas avoir sur moi de photos de mes parents ni de la maison. Tout m'aurait paru plus léger si je les avais eues contre moi. J'avais peur que les traits des miens ne s'effacent ou que les détails de notre foyer ne s'estompent. Peur qu'une sorte de lèpre ne s'attaque à mes souvenirs, que mon passé ne tombe en poussière avant moi.

Un jour, ils sont venus me chercher pour un énième déménagement. Dans l'appartement où j'ai été installée habitaient deux autres personnes et ç'a été un soulagement. La plus âgée ne me plaisait pas. J'ai eu tôt fait de comprendre quel était son rôle. Quant à l'autre… Je ne suis pas seule, voilà tout ce que je me suis dit à ce moment-là, je ne suis donc pas la seule à avoir été enlevée et conduite sur l'autre berge du fleuve des morts… Comme elle était jeune ! Comment avaient-ils pu… Je remerciais silencieusement mes geôliers de nous avoir regroupées, elle et moi. Elle semblait heureuse de me voir arriver.

J'ai vite compris que la fille était chargée d'accélérer mon apprentissage du coréen. Dans le même temps, nous devions ressasser des passages entiers de maximes jusqu'à les connaître par cœur et pouvoir les recracher le lendemain, au mot près. Je ne donnais pas satisfaction. Rien d'étonnant : je n'avais jamais donné satisfaction à l'école et n'avais jamais eu qu'une hâte, exercer un métier, infirmière, qui me permette de soulager les gens qui souffrent. Quitter le monde de l'intelligence qui me tenait en piètre estime... Malgré les encouragements de ma compagne d'infortune, je décrochais. Et dans les moments où je me reprenais, c'était elle qui s'effondrait, sujette à des crises d'angoisse et de larmes. Je ne pouvais pas même la consoler par des mots simples, parce que l'instructrice était toujours fourrée entre elle et moi et je redoutais, si je m'ouvrais trop à Naoko, qu'on ne nous sépare. Quelle était donc cette prison où les gardiens se mêlaient aux détenus jusque dans leurs cellules, pour surveiller ce qui se disait ? Nous n'avions aucune conversation privée, Naoko et moi. Parfois, elle profitait d'une séance de *chonghwa*[1] pour glisser un message à mon intention. C'est qu'elle était fine et intelligente, Naoko. Tout en battant sa coulpe, tournée vers notre instructrice et le cadre de permanence, elle tâchait de divulguer à mon intention une information sur son passé : « Je pense trop souvent à mon enfance à Niigata et néglige de me concentrer sur l'étude du coréen. »

... La lune entre par la fenêtre. J'observe ce rectangle de clarté pâle, tréteau sur lequel se sont déposés des éclats de la Voie lactée. On m'a interdit de suspendre des rideaux, alors que les voisins, plus loin sur

---

1. Autocritique de groupe. Les « enlevés » sont soumis comme tout le monde à cet exercice hebdomadaire, mais à l'écart du reste de la population et en présence de leur instructeur et de cadres du Parti.

la route, en ont de si beaux avec des fleurs brodées. Grâce à Naoko, j'ai compris que je n'étais pas la seule à avoir été enlevée. Combien pouvions-nous être au total ? Une dizaine ? Plus ? Peut-être seulement deux à avoir été arrachées au Japon.

Je me suis levée pour vérifier qu'Eun-ok ne s'était pas découverte en gigotant. Bien m'en a pris : elle avait repoussé la couverture bleue vers ses pieds. Quatre petits mois de vie... À quel âge peut-on être à peu près sûr, ici, qu'un enfant survivra ? Il est si difficile de trouver du lait.

Dans notre lit, Jim se retourne. Comme la lune, il a une face éclairée, l'autre cachée. Même endormi, il paraît fatigué. Sur le qui-vive.

J'ai faim, maintenant. Dans la cuisine, je me coupe une tranche de gâteau aux jujubes. La lune éclaire un côté de la citrouille au centre de la table. Puis je me recouche. En attendant le sommeil, je récapitule ce que je veux faire le lendemain, et dans quel ordre :

– Cueillir des pommes dans les environs, s'il en reste aux arbres, ou en acheter quelques-unes, s'il en reste dans les rayons.

– Préparer du caramel de pomme de terre au sésame pour l'anniversaire de Jim. Pour ça, j'ai ce qu'il faut. Dans le coin, les gens mangent le *dangogi* lors des grandes occasions, mais Jim ne veut pas entendre parler de chien dans son assiette.

Jim, mon pauvre Jim. Quarante et un ans demain. Bientôt vingt ici.

*

Selkirk (1)

Il pleut sans discontinuer depuis dix jours et ma hanche me fait souffrir. Tant de pluie, je n'ai jamais vu ça ; qui plus est, après des mois de sécheresse... Le camion qui nous livre les vivres n'a pas pu passer la semaine dernière. Setsuko et les enfants sont partis ce matin en ville dans l'espoir d'obtenir des rations, qui ont encore diminué récemment. Comme ma hanche m'empêche de marcher longtemps, je suis resté à les attendre. Partout, les gens ont le même problème : manger. Ce n'est pas nouveau, mais ça empire. Maintenant, tout le monde a faim. On raconte que des familles entières meurent. Je n'arrive pas à le croire. Ici. J'ai peur pour les enfants et les années qui nous attendent. Moi, ce n'est pas grave. Ma vie s'enfonce lentement dans le passé.

Sok-chun aura bientôt huit ans. Quant à Eun-ok, dix dans quelques jours. Dans six mois, cela fera trente ans que je suis dans cette foutue partie de la Corée. Trente ans depuis la petite fête que nous avions organisée au mess des officiers, pour le réveillon. Je m'en souviens avec une précision qui m'effraie : c'est à ce moment-là que tout s'est mis à tourner au vinaigre. Je revois tout...

Je suis au mess et nous buvons de la bière. L'ambiance est joyeuse. Un homme reste pourtant sur la réserve, ce qui ne lui ressemble pas – il est plutôt d'un tempérament fêtard. C'est un administratif du nom de Ted Williams. Je lui demande la raison de sa distance, s'il a des problèmes ? Je serais toi, je ne rirais pas et ne boirais pas autant à la nouvelle année, finit-il par me dire. Tu le gardes pour toi, Jim. Promis ? Rien n'est encore définitif, mais c'est bien engagé : une réorganisation.

Ted et moi avons sympathisé il y a peu en découvrant que nous sommes originaires du même comté de Caroline du Sud, Fairfield. Nous avons grandi à quinze kilomètres l'un de l'autre, lui à Winnsboro, dans un milieu rupin, moi dans la cambrousse.

En vertu de cette réorganisation, continue-t-il, ton unité devrait être transférée au Sud Viêt Nam. On ne sait pas quand.

Je dégrise aussitôt. Merde… Mourir sous les coups des Viêts… J'en ai trop entendu sur eux, ces derniers temps. La jungle, la pluie interminable, l'isolement. Les attaques surprises de commandos viêts quand vous dormez, loin derrière les lignes… Mon imagination prend feu.

Il faut dire que nous sommes vernis, là où nous sommes cantonnés, le long de la DMZ[1]. Une semaine par mois, nous devons effectuer des patrouilles nocturnes qui ne présentent aucun risque majeur. Durant les deux semaines suivantes, nous observons le monde d'en face du haut de notre mirador. Enfin, la dernière, nous la consacrons à des entraînements pénibles et répétitifs qui nous vident. Puis un nouveau cycle

---

1. « Zone démilitarisée ». *No man's land* de quelques kilomètres de large séparant les deux Corées, qui suit en gros le tracé du 38e parallèle.

commence, identique au précédent. Cette routine très physique ne me déplaît pas…

Quelques jours plus tard, je trouve une nouvelle raison de me dire que ce train-train risque fort de prendre fin rapidement. Le lieutenant Parrish me fait des appels du pied pour que je participe avec mes hommes à ce qu'on appelle les « patrouilles de la mort » : des expéditions diurnes à l'intérieur du *no man's land*, qui vous exposent à la vue des tours d'observation d'en face, alors que, de nuit, il est facile de passer inaperçu. De jour, les provocations sont fréquentes, les incidents réguliers. Micro-guerres non répertoriées par les historiens, qui ne durent que quelques minutes. Le plus souvent, les corps de leurs victimes gisent toute la journée, jusqu'à ce qu'on s'aventure à les évacuer à la faveur de l'obscurité. Pour l'instant, ce n'est encore qu'une suggestion, me fait comprendre le lieutenant : « Si vous vous portez volontaire, vous pourrez choisir la fréquence de vos patrouilles de jour. Si en revanche c'est le colonel qui vous en donne l'ordre, vous n'y couperez pas et il faudra en être souvent. » Je fais la sourde oreille, mais il revient à la charge. Moi qui me plaisais tant dans cette Corée, à surveiller une guerre plus ou moins éteinte, je me mets à paniquer à l'idée d'un autre conflit, où les nôtres sont fauchés par centaines.

Des semaines passent. La rumeur d'un départ pour le Viêt Nam s'empare de notre camp aussi vite qu'elle disparaît. Je me rassure comme je peux. Puis la rumeur enfle de plus belle. Je me mets à boire plus que de coutume, peu fier de moi. Et le lieutenant qui me met de nouveau la pression… Je crois devenir fou. Je me méprise. Tes trouilles abjectes et ton imagination de poule mouillée t'ont réduit en esclavage, me dit ma conscience. Quel beau héros tu fais ! Et dire que tu t'es enrôlé !... Je n'ai jamais eu beaucoup d'estime de moi-même, mais là, autant dire qu'elle est anéantie.

Un jour, j'apprends qu'une autre unité va bel et bien partir pour le Viêt Nam. Pour ce qui est de la mienne, Ted Williams reste évasif, mais comme il me le dit, une chose est sûre : Tu seras de la prochaine fournée. La prochaine... Quand ? Coincé entre deux terreurs, je cherche un moyen de me sortir de là. Inutile de s'embusquer quelque part en Corée du Sud. Les rares soldats blancs fugitifs ont tous été retrouvés rapidement, et dans chaque cas ça s'est terminé en cour martiale. Plutôt crever dans la jungle des Viêts...

Dans ces moments-là, « mon » idée me vient par bouffées, et chaque bouffée fait régresser la peur, ce qui n'est pas rien. Elle la dompte pour un temps. Plus mon idée se précise, plus elle m'apaise ; et plus je me mets à y croire. Mais oui, la solution est là, face à moi... Fuir, droit devant, vers les lignes qu'on m'a demandé de surveiller ! J'ai entendu parler d'un cas analogue à la frontière des deux Allemagnes. Un GI qui s'est arrangé pour être capturé par le camp d'en face. Et si je l'imitais ? Ensuite, ceux du Nord me livreront à leurs alliés russes qui se serviront de moi comme d'une monnaie d'échange, probablement contre un de leurs espions... C'est ce qui est arrivé au type capturé par les Allemands de l'Est. Lorsque les Russes me rendront aux Américains, j'expliquerai que j'ai été fait prisonnier au cours d'une patrouille, après m'être égaré dans la zone démilitarisée. C'est tout. Pourquoi ne pas y avoir songé plus tôt ? Et à mon retour mon unité sera déjà partie pour le Viêt Nam...

Il ne me reste plus qu'à attendre la prochaine nuit où je commanderai une patrouille – d'après le tour de rôle affiché, celle du 17 au 18 février 1966.

Quelques heures avant mon départ, je poste une lettre pour ma pauvre mère. Je lui fais part de mes intentions, lui demande de me faire confiance et de ne pas s'inquiéter. Si tout se déroule conformément à mon plan, je serai de retour prochainement, sans que ce soit les pieds devant, dans une caisse en sapin. Je la prie de ne rien dire à personne, pas même à la famille.

En glissant la lettre dans la boîte, je suis saisi brutalement de vertige. On ne poste pas souvent de telles lettres dans sa vie. Et si ça ne marche pas comme je le prévois ? Bien sûr, je peux encore renoncer. Mais en expédiant ce courrier j'ai enclenché quelque chose. Je pourrais me ruiner en téléphonant à ma mère pour qu'elle brûle la lettre sitôt arrivée, sans la lire.

Je ne le fais pas.

Avant le départ de ma patrouille, me voilà à descendre un bon nombre de bières. Sept, huit, neuf cannettes d'affilée… Quand nous nous mettons en route, passé minuit, il gèle fort. L'air piquant me dégrise progressivement mais je n'en reste pas moins excité à l'idée de tenter le tout pour le tout. Après avoir quitté la patrouille en prétextant que j'ai entendu un bruit et veux m'assurer que le chemin est libre de tout danger, je me faufile sous des arbres, où je tire la boussole de ma poche. Après quelques zigzags, j'avance droit vers le nord. Il neige fort et les traces de mes pas peuvent me trahir. Mes compagnons d'armes, lorsqu'ils me chercheront, constateront peut-être que j'ai pris la direction du nord, seul, et que je n'ai donc pas été fait prisonnier. Maudite neige ! À moins que les flocons ne demeurent aussi gros et abondants dans les minutes à venir et que la justice du ciel ne me « blanchisse »…

En marchant dans les thalwegs, on peut à tout moment sauter sur une mine antipersonnel, aussi je chemine à la lisière des broussailles ou à flanc de pente. Il continue de neiger fort et je me dis que le bon Dieu est de mon côté. Il balaie derrière moi, efface les empreintes… Ces derniers jours, j'ai souvent prié, surtout pendant mes insomnies.

Au bout d'un moment, je jette mon M14 dans la neige et marche droit devant. Cette fois, je ne peux plus reculer. Ceux d'en face vont me repérer. J'ai peur tout à coup d'être canardé, même si les bourrasques me protègent encore… Bientôt, j'aperçois un halo de lumière et la silhouette d'une tour de guet. Nous y sommes. Mon Dieu… Comme le militaire en faction a remonté sa vareuse jusqu'aux yeux, il ne me voit pas qui avance, mains en l'air… Les projecteurs ne sont pas braqués sur moi, et de toute façon, avec cette neige… Il faut que je crie pour que le troufion me cherche dans la nuit. Voilà, il m'a vu. Il doit me prendre pour un *alien*… Il dévale les marches de son mirador. Un projecteur me repère au milieu d'un essaim de flocons, gros comme des hosties en suspension autour de ma frousse. Bientôt, une dizaine de types me tiennent en joue. Aucun ne comprend un traître mot de ce que j'articule. Je tremble. Ça hurle. On me fait signe d'avancer et on m'enferme dans un baraquement, les mains liées derrière le dos. Et s'ils ne croient pas ce que je compte leur raconter ? S'ils me prennent pour un espion et m'abattent ? J'ai froid, faim, peur.

Au début de l'après-midi, une Jeep pile devant la porte. Les deux types du Bowibu[1] qui en descendent

---

1. Services de sûreté de l'État nord-coréen.

m'interrogent pendant des heures, et comme tout passe à travers la passoire de l'interprète, ça n'en finit pas. Après, je peux enfin m'étendre sur un matelas où je m'endors très vite, enfermé entre quatre murs nus, ignorant de quoi le lendemain sera fait.

On me laisse croupir là trois jours durant sans voir personne, si ce n'est les plantons chargés de m'apporter une bouillie de maïs et du chou fermenté. Le poêle chauffe à peine. J'ai étendu mon matelas à l'endroit où passe un tuyau tiède, sous le plancher. La façon dont mon interrogatoire s'est déroulé (à aucun moment ils ne m'ont brutalisé) me laisse penser que mon plan se déroulera comme prévu. Je n'ai qu'une inquiétude : mes traces. Il aurait peut-être mieux valu que je patiente quelques semaines avant de déserter, le temps que la neige ait fondu. Mais en aurais-je seulement eu l'occasion, avec la menace du Viêt Nam et les patrouilles de la mort ?

On me transfère ailleurs. Le temps se radoucit et c'en est fini de la neige. En rêve, la nuit, je vois mes traces de pas disparaître, l'herbe pousser et des fleurs noires s'épanouir à l'endroit où j'ai foulé le sol.

Je moisis pendant plusieurs semaines dans une maison de Sadong[1], seul Américain dans une fourmilière de Jaunes. Des slogans auxquels je ne comprends goutte sont crachés par haut-parleurs dans les rues du matin au soir. La maison est ceinte d'un mur de trois à quatre mètres de haut, si bien que je ne vois rien du monde extérieur. À l'entrée, des types se relaient pour monter la garde. Je me sens abattu. Le bon Dieu a dû m'oublier. Je suis là comme Robinson. Autour de moi s'agitent d'incompréhensibles braillards. *Robinson*

---

1. Arrondissement de l'est de Pyongyang.

Crusoé ! Le souvenir de ce livre, le seul que j'aie lu de ma vie, m'aide incroyablement quand je sens la folie me guetter... Durant ces journées où je commence à comprendre qu'on ne me livrera pas aux Soviétiques, je repense au naufragé allumant un feu sur le rivage, dans l'espoir d'être vu d'un bateau. Ai-je rêvé ce passage ou l'ai-je bel et bien lu ? Peu importe. Je reconstitue mentalement sa vie, étonné de tout ce que je retrouve dans ma caboche de cancre qui n'a jamais rien fichu à l'école. Cet être de papier a souffert pour moi, bien avant moi. Son inventivité, son courage et sa patience m'éclairent. Il a défriché ma vie avant moi.

Je ne sais au bout de combien de temps ils viennent me chercher. L'interprète m'annonce que les déserteurs américains sont regroupés et que je cohabiterai avec les autres dans un quartier appelé Man'gyŏngdae. D'autres déserteurs ! Ils sont donc en vie, ceux qui ont disparu dans la DMZ ces dernières années...

C'est ce jour-là que je fais la connaissance de Bill Terenson et de Richard Cardona, deux drôles de têtes brûlées. Autant Bill, malingre, paraît en mauvaise santé, autant l'autre est massif et méprisant, avec, pour couronner le tout, un sourire qui ne me dit rien qui vaille.

Je passe avec eux plus de quatre ans confiné dans une masure glaciale, sans l'eau courante. Nous sommes sous la coupe d'un agent chargé de nous faire la cuisine. Quatre ans... Une éternité ! J'en suis persuadé, mon destin est de finir ma vie ratée en compagnie de ces ratés. Un troisième, Al, est mort quelques mois avant mon arrivée. D'après Bill, c'était un brave type, désespéré de ne pas pouvoir quitter ce trou à rats, et c'est une bonne vieille crise cardiaque qui a fini par le tirer de là. Bill parle de lui avec des regrets dans la voix.

Tous trois ont déserté pour des motifs très différents mais ont en commun d'avoir cherché à échapper à un danger. Petit à petit, j'apprends que Richard, qui battait sa femme, a fui parce que son beau-père menaçait de le tuer. Quant à Bill... Mais bref.

Tout au long de ces quatre années, j'ai l'impression de perdre l'envie de vivre et de vieillir prématurément. Chaque jour, deux types viennent nous donner des cours de coréen. Ils nous forcent à ingurgiter des passages du *Juche*, l'idéologie du régime, jusqu'à ce que nous les sachions sur le bout des doigts. Je pourrais encore en réciter de mémoire, en anglais aussi bien qu'en coréen... Celui qui ne réussit pas à se fourrer ces phrases dans la tête est aussitôt puni : on l'oblige à se tenir agenouillé et à psalmodier des pages entières pendant des heures. « Les idées du *Juche* constituent une théorie révolutionnaire axée sur le fait qu'il faut tenir compte *a priori* de l'existence des masses laborieuses ; elles constituent une stratégie et une tactique révolutionnaires basées sur le rôle que jouent ces masses. » Etc.

Des salades comme ça, mon cerveau en est farci. Combien de coups de trique pour un mot de travers ? Je suis le plus mauvais des trois. J'ai un mal fou à mémoriser. Les instructeurs nous demandent de répéter entre nous à voix haute quand ils ne sont pas là. Cardona est chargé de nous surveiller et nous inflige des corrections. Il n'hésite pas à nous rouer de coups. Un jour, ce salaud cogne si fort que je perds connaissance. Quand je reviens à moi, j'ai le visage en sang, et ce fumier qui rit... Bill me dit tout bas, un peu plus tard : il n'a pas le choix, tu sais. Il n'y peut rien.

Oui, ils ont réussi à introduire un ver dans le fruit. Notre micro-Amérique est pourrie de l'intérieur. Il n'y a guère de fraternité entre nous, sinon entre Bill et moi, heureusement. Je peux me confier à lui.

Étrangement, bien que Richard ait accepté d'être notre contremaître et de nous rosser, il fait cause commune avec nous sur certains plans. Rien ne nous obsède plus que l'idée de foutre le camp. Là-dessus, il ne cafte pas. L'unanimité règne. Il vendrait sa pauvre âme au diable pour sortir de là. Mais par quel moyen y parvenir ? Nous nous sentons si étroitement surveillés.

L'occasion de tenter quelque chose finit par se présenter. À la suite de pluies exceptionnelles, une bonne partie de la ville se retrouve sous les eaux, Pendant quelques jours prévaut un chaos difficile à concevoir ici en temps normal. Notre logis, sur les hauteurs de la périphérie, est épargné, mais lorsque les inondations atteignent un niveau menaçant, notre gardien déguerpit pour aller prêter main forte à sa famille, dans les bas quartiers. Ce jour-là, nos instructeurs ne viennent pas et nous sommes livrés à nous-mêmes, nous disant : C'est maintenant ou jamais. On tente.

À cette époque, il n'y a pas d'ambassade occidentale à Pyongyang, pas que je sache. J'ai déjà eu l'occasion de repérer l'énorme mission diplomatique soviétique, un bâtiment qui, de loin, fait penser à la Maison-Blanche. Je réussis à le retrouver sans peine. Nous prenant pour des Russes, les plantons coréens nous laissent entrer. Un type de l'ambassade nous reçoit, surpris que des Américains bousculent sa journée de travail avec des demandes d'asile... Il prend le temps de nous écouter. Le fonctionnaire est un gars plutôt avenant, en chemisette blanche. On nous sert un bon thé noir et on nous propose des cigarettes sans comparaison avec les coréennes. Nous sommes heureux de parler à un Européen, et, à ce stade, je recommence à croire au succès de mon plan initial : être livré aux Russes. J'en rajoute sur la guerre au Viêt Nam, une sale guerre où l'Amérique n'a pas à mettre les pieds, etc., sur quoi il hoche la tête avec une moue souriante, comme pour me dire ça va ; n'en faites pas trop non plus.

Naturellement, il n'est pas autorisé à prendre une décision et doit en référer à sa hiérarchie, à Moscou. Aussi nous prie-t-il d'attendre dans ce même salon.

La discussion entre nous trois prend un tour plutôt allègre. Pour Richard, qui a toujours l'air de s'y connaître, le gars qui nous a reçus n'est pas russe. Il n'en a pas les caractéristiques physiques. D'après lui, ce doit être plutôt un Balte, ce qui nous donne davantage de chances, pronostique-t-il, car ces gars-là ne sont devenus cocos que par la force, à coups de déportations. Il dit avoir lu des trucs là-dessus, il y a longtemps : des histoires de « frères de la forêt » qui se sont embusqués dans les bois pendant des années, après 45. Pour Bill, le plus pessimiste d'entre nous, le fait que ce ne soit pas un Russe, ce qui au demeurant reste à prouver, ne plaide pas nécessairement en notre faveur. Quant à moi, comme d'habitude, je ne sais pas quoi penser. Je m'en remets au bon Dieu, si tant est qu'il ait le bras long dans les pays communistes.

Bref, le fonctionnaire pseudo-balte finit par revenir et, à son visage fermé, nous comprenons tout de suite que sa hiérarchie n'a pas des vues aussi larges que lui. Il ne peut rien pour nous et nous prie poliment, mais de manière appuyée, de ne plus jamais remettre les pieds à son ambassade. Moyennant quoi il ne signalera pas aux Coréens notre visite de courtoisie.

Penauds, nous marchons au hasard des rues. Abattus, tels des Robinsons voyant disparaître derrière l'horizon le navire sur lequel ils ont fondé l'espoir d'être aperçus. C'est fini. À ce moment-là, je suis sûr et certain que nous allons continuer à moisir entre quatre murs, à nous quereller jusqu'à la haine puis à nous rabibocher jusqu'à l'incident suivant, à nous soutenir pour survivre à la honte de nous être engouffrés dans cette gueule du loup, à reproduire les mêmes gestes – aller chercher de l'eau au puits, ressasser des salades et puis attendre, en chiquant nos regrets. Bill et Richard ne sont pas moins désespérés. Notre seule consolation consiste à penser que nous avons enfin touché le fond. Que la descente aux enfers est terminée.

Nous nous trompons. Nous ne sommes pas parvenus au terminus, loin s'en faut. Quelques mois après notre incursion en territoire soviétique, la guigne nous rend visite de nouveau, avec l'affaire du *Pueblo*. Après avoir été arraisonné par la marine du Nord, soi-disant dans les eaux coréennes, ce navire de l'US Navy est escorté jusqu'à Wŏnsan. On est en 68. Tout l'équipage est fait prisonnier. Pendant près d'un an, les marins sont détenus je ne sais où – peut-être à quelques kilomètres de notre baraque. Nous savons très peu de choses, et le peu que nous apprenons nous parvient avec un gros retard. Je crains pour nous, tout au long de ces mois, je ne sais trop quoi au juste. Peut-être, que notre vie somme toute « normale » se transforme en une véritable incarcération. Richard se fout de moi, comme d'habitude : nous valons de l'or, poule mouillée ! Tu ne comprends donc vraiment rien ? Il faut te faire un dessin ? Les Coréens ne toucheront jamais à nous ! Ils seront trop heureux de nous monnayer en cas de besoin, ou de montrer au monde que des Américains ont choisi de venir vivre chez eux !

C'est bien ce qui me tracasse. Je crains d'être convoqué d'un jour à l'autre devant les marins captifs et sommé de faire l'interprète. Par chance, je suis celui de nous trois dont le niveau de coréen est le plus déplorable. Si les marins du *Pueblo* me voient, ils parleront de moi à leur retour. Ils me décriront. La police militaire fera le lien avec ma disparition. Je deviendrai un propagandiste à la solde de l'ennemi et perdrai la possibilité de rentrer aux États-Unis... Aux yeux de l'armée, je dois être considéré comme *missing*, actuellement, et je me dis ceci : tant qu'on ignore ce que tu es devenu (à supposer que la tempête de neige ait eu le temps d'effacer tes traces de pas), tu peux espérer reprendre un jour une vie normale en Amérique.

J'ai souvent observé combien il est difficile d'anticiper le comportement des Coréens. Juste avant Noël, voilà que les marins du *Pueblo* sont libérés. Je me sens soulagé et en même temps amer. Abandonné à Richard, fier de sa masse de graisse et de suffisance, et aussi de son statut de garde-chiourme. Heureusement, il me reste ce pauvre Bill, qui ne ferait pas de mal à une mouche, même communiste.

Les gars du *Pueblo* repartent donc. Robinson Crusoé applique une formule à sa propre condition : il se dit « prisonnier sans rançon ». Voilà ce que je suis. Mon pays m'a passé par pertes et profits. Le monde se moque de savoir ce que je suis devenu. J'existe sans doute encore dans les pensées de ma mère, loin d'ici. Pauvre mère que j'aimerais consoler par une lettre, par un signal quelconque attestant que je suis toujours sur cette bonne vieille Terre à penser à elle et au reste de la famille. Même ça, ils ne me le permettent pas. Même si j'écrivais que je suis au paradis terrestre, ils n'accepteraient pas. Les sentiments leur paraissent suspects, ils n'en ont que pour leur *Juche*. *Juche*, *Juche* ! Ils n'ont que ce mot à la bouche.

Alors, amer, oui, je le suis, en un sens. Car si j'avais été au contact des gars du *Pueblo*, j'aurais peut-être pu leur confier en douce un message pour ma mère. Si elle est encore en vie, elle a soixante et onze ans.

*

Selkirk (2)

Des années passent ainsi à assimiler le *Juche* et le coréen, à cultiver notre lopin pour faire venir quelques légumes. À espérer je ne sais quoi et à désespérer de tout. J'attends qu'un nouveau déserteur américain débarque; en vain. Nous ne suscitons pas de vocation.

Un jour, ils décident de nous séparer. Pour être exact, ils me séparent de Bill, qu'on envoie vivre je ne sais où. Richard et moi, on nous installe dans des bicoques situées l'une en face de l'autre, à l'écart de la ville, et chacun se voit attribuer une cuisinière coréenne. La cohabitation avec la mienne tourne rapidement à l'enfer. Elle ne veut qu'une chose, et sans contrepartie : que je lui procure des produits du magasin en dollars, auquel elle n'a pas accès. Elle recourt pour cela à toutes les ruses et à toutes les postures : tour à tour amicale, menaçante, aguicheuse ou colérique. De l'autre côté de la cour, Richard n'est pas mieux loti. Nous regrettons le temps où nous vivions tous trois ensemble, à nous quereller, à nous détester, mais avec un seul et unique cuisinier qui ne posait pas de problème.

Oui, ma cuisinière, qui tient à ce que je l'appelle par son prénom, Soo-ryun, est une peste. Elle m'espionne sans cesse. Quand je travaille au jardin ou vais au ravitaillement, elle fouille mes affaires. Richard se plaint du même comportement avec la sienne. Sans doute sont-elles chargées de rédiger des rapports sur nous. Soo-ryun m'invective parfois. Elle me jette au visage toute sa haine des Américains, qui ont massacré ses grands-parents. À d'autres moments, elle cherche à se faire plaindre, raconte qu'elle est divorcée, que son mari l'a répudiée parce qu'elle ne pouvait pas lui donner d'enfants.

Au bout d'un an, une nouvelle cuisinière la remplace. Venimeuse, imprévisible elle aussi. Mon exaspération atteint son comble lors de la visite d'un de nos cadres-instructeurs – un jour de fête où il s'invite à déjeuner avec Richard, en apportant une bouteille de *païjou*. Ma nouvelle « cantinière », Mi-ho, est absente et je me retrouve aux fourneaux à devoir tout préparer. À la fin du repas, l'instructeur, qui a plusieurs verres dans le nez, en vient à me poser une question étrange : Pourquoi ne couchez-vous jamais avec elle ?

Comment le sait-il, et pourquoi aborder ce sujet ? Richard a des « rapports » avec la sienne, il me l'a dit. Mais que peut connaître de ma vie intime cet instructeur au regard fuyant, au col de chemise sale ? Ce n'est pas une simple question, c'est un reproche. Je me dis qu'il a l'alcool hargneux et va en rester là mais plus tard, à froid, il revient à la charge. Il est inadmissible que je ne le fasse pas au moins deux fois par mois. Le ton monte ; je réplique que je fais ce qui me plaît et que je préfère garder mes distances avec une femme au demeurant détestable. Devant mon impertinence, Richard prend le parti de l'instructeur et devient menaçant, à tel point que, incapable de me contrôler, je lui crache au visage. Il m'injurie avant de me rouer de coups. J'ai la lèvre fendue et je saigne abondamment.

Voilà comment prend fin ce repas de fête... Six mois durant, je n'adresse plus un mot à Richard Cardona. J'en suis quitte pour une heure de plus de *Juche* quotidien.

Sur ces entrefaites, ma servante disparaît et on m'annonce la venue d'une nouvelle. Sous une pluie battante, je la vois arriver, talons hauts dans la boue... Ce jour-là inaugure une partie inespérée de ma vie. Comme elle se montre délicate et différente des autres ! C'est une Japonaise. Une enlevée. Setsuko Okada. Veulent-ils nous marier ? Je ne tarde pas à tomber amoureux.

Oh, les belles années qui s'annoncent alors... Il n'est pas facile d'être heureux dans un pays que l'on rêve de quitter, et pourtant c'est notre réalité. Nous sommes bien. J'ai enfin trouvé mon « Vendredi ». Il m'a fallu près de vingt ans, plus qu'à Robinson.

La maison où l'on nous installe après notre mariage est un lieu idyllique, parfaitement adapté à ce que Setsuko appelle notre « naufrage heureux ». C'est un *hanok* – une bicoque traditionnelle qui a échappé miraculeusement aux ravages de la guerre, dans la grande banlieue. Elle est ceinte d'une palissade d'un mètre de haut, qui isole un peu le jardinet du monde extérieur. On entre dans la maison proprement dite par une galerie en bois couverte et surélevée, le *maru*, où nous déposons les chaussures. Les enfants aiment y jouer avec le chat, les jours de soleil. Tout au bas de l'allée, il y a un baquet rectangulaire en béton, alimenté par un robinet, dans lequel ils pataugent et s'aspergent. Et puis, contre la palissade, deux jarres à *kimchi*, que nous n'avons jamais garnies. Je cultive ce bout de jardin du mieux que je peux pour que nous ne soyons pas à court de légumes et taille les arbres, qui donnent des pommes et des jujubes, dont Setsuko fait souvent des tartes. C'est curieux, les femmes... La mienne a été arrachée à son île, et pourtant je la sens heureuse. Elle étend le linge en chantonnant, le long de l'allée, comme si de rien n'était. Nos habits dans le vent sont les bannières de notre bonheur, ils mettent des touches de couleur, car la façade est blanche, à l'exception des poutres... Le soir, je m'assieds sur le banc et regarde les enfants qui nourrissent les lapins, dans le clapier du fond, sous le zelkova. J'ai à nouveau du temps pour moi. Comme je l'aime, ce *hanok*, avec sa maçonnerie grossière et son toit de tuiles grises aux pointes cornues ! C'en est fini du bourrage de crâne, des dix heures d'instruction politique quotidienne que nous avons subies après notre arrivée, Bill, Richard et moi. On nous considère sans doute comme suffisamment coréanisés. Ce n'est pas tout à fait faux. Nous parlons coréen à la maison. J'interdis à Setsuko de prononcer le moindre mot de japonais devant les enfants. Ils ne savent toujours pas qu'elle a été enlevée. Nous avons très peur qu'à l'école, ils révèlent d'où elle vient. Les Japonais sont tellement détestés ici !

L'été, au soleil couchant, je reste assis sur le *maru* à ne rien faire, près du plaqueminier, qui donne de bons kakis à l'automne. Et je me dis que dans ma déveine, j'ai eu de la chance. Je serais très embarrassé si on m'annonçait que je peux rentrer aux États-Unis. On m'a tendu un beau piège, et ce piège, c'est Setsuko et les enfants, que je n'abandonnerais pour rien au monde.

Vers minuit, je rentre. Je fais glisser le panneau coulissant et m'allonge sur la natte, près de ma nichée.

En somme, nous vivons bien, malgré les coupures d'électricité fréquentes et les difficultés pour se chauffer. Le temps que les enfants fassent leurs devoirs, je mets en route le petit générateur chinois et ça tient comme ça jusqu'à ce qu'ils se couchent.

Bon an mal an, nous réussissons à suppléer aux pénuries. Pour un anniversaire, je peux même offrir à Setsuko un autocuiseur à riz de fabrication japonaise, un modèle dernier cri, acquis au prix fort au magasin en dollars, où il vient de faire son apparition. Sur le coup, elle est saisie, ébahie. Joyeuse. Ensuite, la vue de l'objet venu de son pays perdu l'accable. Elle tient là la première preuve de l'existence du Japon depuis son rapt. Comme tout doit avoir changé là-bas, dit-elle. Regarde : les autocuiseurs n'avaient rien d'aussi moderne quand je suis partie. Le Japon a dû terriblement changer... Si j'y retourne, je serai à l'étranger.

Je finis par me réconcilier avec Richard Cardona. Lui aussi a épousé sa nouvelle « cuisinière », qui lui sert des plats d'Europe de l'Est. Elle est roumaine. En faisant la connaissance d'Ileana, je comprends que les enlèvements n'ont pas touché que des Japonais ou des Sud-Coréens. Un Asiatique qui avait rencontré Ileana à Rome l'a attirée dans la nasse de la façon suivante : comme elle peint avec talent, il la convainc de se rendre à Hong Kong pour exposer dans une galerie. Il arrange tout, lui fournit de faux papiers afin qu'elle circule sans difficulté. Mais à l'escale de Pyongyang on l'arrête, justement pour détention de faux papiers. Impossible de se tirer de là. Qu'avaient-ils besoin d'une Roumaine !

Je doute qu'elle soit heureuse avec Richard. Leur couple ne respire pas la joie. Il faut dire que le bonhomme... Et puis, je suis persuadé qu'elle est lesbienne... Tout lui manque, la pauvre. Elle me touche. Sa sensibilité, ses dons de dessinatrice. Elle n'a personne à qui parler roumain, ou italien, les deux langues qu'elle maîtrise couramment. Elle se débrouille aussi mal que moi en coréen et n'est pas à l'aise en anglais. Moi, j'aime beaucoup sa conversation. Elle m'en impose.

Des mois plus tard, elle tombe malade. Une fièvre légère, annonciatrice de nuages noirs. Une radiographie des poumons confirme qu'elle n'aurait pas dû fumer autant. Je ne me suis jamais senti aussi triste que le jour de sa mort.

Le cas d'Aïcha, qui a épousé Bill, est à peu près semblable. Cette fois, c'est une Libanaise qu'ils ont capturée. Voilà encore une femme, attirée en Asie par une promesse de travail de secrétariat bien rémunéré, qui est tombée dans leur piège. Elle et Ileana, prélevées si loin d'ici, arrachées à leur terre, me bouleversent. Un jour, il faudra que je raconte aux enfants tout ce qu'ils ignorent d'elles. De nous. Il faudra que je leur explique qu'une machine insatiable a ponctionné ici et là tout le cheptel humain dont elle avait besoin. Je leur dirai, aussi, que les chants appris à l'école, dans lesquels il est question de militaires heureux, de peuple qui suit sa bonne étoile malgré les sacrifices, ces chants ne sont pas la réalité. C'est une pièce de théâtre, cruelle et tragique. Le monde qui commence au-delà des clôtures de ce pays n'a rien à voir avec ce que nous vivons.

Mais je veux les laisser grandir avant de leur parler, les préserver pour l'instant. Et je remercie le ciel qu'ils aient été à l'école le jour de cette visite, à l'automne dernier. Un mardi…

Leur mère est partie pour la journée, tenter de trouver du riz quelque part. Nous sommes des privilégiés, avec notre magasin en devises, et malgré tout, en trente ans, je n'ai pas connu de période aussi dure. Je reste à la maison à cause de ma hanche de plus en plus douloureuse. Je suis seul, ou plutôt me crois seul. Les derniers temps, à cause de la sécheresse et puis des inondations, les larcins se sont multipliés dans le quartier. Une nuit, j'ai mis en fuite plusieurs chapardeurs en braquant une lampe vers le jardin où ils déterraient des bulbes.

Ce jour-là, je descends au fond du potager pour écheniller et atteindre avec l'échelle les pommes qui ont échappé aux voleurs. Nous aurons des fruits pour quelques jours. Désormais, il n'y aura plus rien à voler, je dormirai tranquille.

Il fait déjà froid pour la saison et maintenir une bonne température dans la maison tient du tour de force. Le chauffage au sol ne suffit pas et je dois ramasser du bois pour le poêle.

Quand je reviens, la porte que je croyais avoir fermée est entrouverte. Méfiant, je me saisis d'une pelle. Récemment, Richard a été tabassé par deux troufions errants qui ont fait main basse sur ses économies et sa réserve de riz. La faim donne de l'audace aux malheureux. Des paysans rôdent sur les routes, croyant les villes plus nourricières. Dans l'autre sens, des citadins envahissent les campagnes en quête de vivres, car à magasins vides, estomacs creux. Dans les bois, les gens cherchent des champignons et aussi de l'astragale, une plante censée revigorer. Tout se mange, tout est bon pour la soupe. Les plantes médicinales sont troquées contre un peu de riz ou de céréales.

Serrant la pelle, je me maudis de ne pas avoir fermé à clé en sortant. Pas après pas, je sens la peur monter. Nous avons très peu pour nous et je ne veux en aucun cas que ce peu, on nous le prenne.

J'ignore ce qui peut traverser la tête du soldat quand il me voit entrer une pelle entre les mains et me ruer sur lui ; constatant que sa retraite est coupée, n'ayant pas d'arme, il cherche une issue par notre chambre, dont la fenêtre est grillagée. Je lui hurle dessus sans le frapper, lui demandant de poser tout de suite ce qu'il a pris. Il se fige. Instinctivement, comme s'il s'agissait d'une visite du Bowibu, je jette un coup d'œil sur les portraits[1] pour m'assurer que Setsuko les a époussetés récemment et qu'ils sont bien droits. Le type n'en a que faire. Sous son effroi se glisse une énorme surprise : tomber sur un Blanc ! Lorsque je comprends qu'il est terrorisé, je le prie de s'asseoir et réchauffe un reste de soupe. Il me demande si je suis russe.

– 미국인[2].

– 미국인 ? Comment est-ce possible ? Prisonnier de guerre ? (Sa voix n'hésite plus.) Je ne note aucune animosité de sa part. Oui, prisonnier, en quelque sorte, mais pas de guerre, ou alors d'une autre guerre, celle qu'il y a eu au Viêt Nam, je lui réponds. Vous êtes prisonnier, fait-il, et moi je suis en fuite. En fuite, comment ça ? Je lui sers la soupe, mais ce qu'il veut avant tout, ce sont des vêtements civils. Il tire une bourse de sa poche et propose de me payer en ajoutant en fuite, oui. J'ai déserté. Si vous pouviez brûler mon uniforme... Ce serait bien de le faire rapidement...

Je lui donne quelques nippes que je ne porte plus et refuse son argent, Vous en aurez besoin pour aller où vous voulez aller. Et je le fais parler. Je n'ai guère de mal, au point que je me demande si ce type ne cherche pas à me tendre un piège. Un agent du Bowibu chargé

---

1. Ceux de Kim Il-sung et de son fils et successeur, Kim Jong-il, qui doivent être accrochés dans la pièce principale de chaque foyer et époussetés régulièrement, ce que contrôlent les autorités.
2. *Migugin* : « américain ».

de me mettre à l'épreuve ? À bien y regarder, non. Il est si efflanqué qu'il flotte dans son uniforme… Et il a une façon de se réchauffer les pieds et les mains contre le sol qui ne trompe pas. Pour sûr, ce type a souffert du froid. On voit depuis quelque temps des bandes de soldats qui errent et volent tout ce qu'ils trouvent à manger, même s'il se dit que l'armée n'est pas la plus mal lotie.

Je ne suis pas un militaire comme les autres, enchaîne-t-il. Compte tenu de la classification sociale de ma famille, on m'a affecté il y a deux ans à la garde d'un camp. Un des plus sévères. J'étais dans la zone des détenus irrécupérables.

Un camp de concentration à quelques dizaines de kilomètres de la table basse autour de laquelle nous sommes assis sur des carpettes froides, près de la machine à coudre… Le type efflanqué, après avoir changé de vêtements, n'arrête pas de me remercier. À plusieurs reprises, il me demande si je n'attends pas de visite. Le voyant fiévreux, je lui propose de se reposer un moment, on ne viendra pas le chercher ici, mais il refuse. Au fond, c'est mieux. Je risque gros à héberger un déserteur. Un gardien de camp… Pas n'importe quel gardien, dit-il à voix basse, après avoir jeté un coup d'œil par la fenêtre. Ce camp couvre toute une région de montagnes, et dans les clôtures qui le délimitent circule un courant continu. Le camp recèle un centre de détention souterrain. Une prison dans la prison, ou plutôt sous la prison, dont les détenus ne voient jamais le jour et dont les gardiens ont ordre de ne jamais parler. Ils doivent en faire le serment. J'y ai servi plus d'un an, à trente mètres sous terre, avant de me résoudre à fuir, reprend-il. Au début, on m'avait chargé de monter la garde dans la salle de l'ascenseur, qui conduit de la surface aux galeries profondes. Régulièrement arrivaient de pauvres types qui faisaient pitié, les yeux bandés. Dans bien des cas, ils ne verraient plus jamais le jour. Un prisonnier croupissait là depuis neuf ans.

Ensuite, on m'a promu à la garde des cellules. Je n'avais aucune idée de ce qu'était réellement la prison souterraine. Le couloir que je devais surveiller comptait une quinzaine de cellules d'isolement, éclairées tout le temps par une ampoule au plafond et tout juste assez longues pour qu'un homme s'y tienne allongé, à une température constante, dans une humidité qui détériorait tout, la peau, la santé… J'entendais les cris des pauvres gars que l'on torturait dans la salle d'interrogatoire. On les suspendait par un système de poulies et on les faisait descendre au-dessus d'un brasero de charbon qui grillait le dos. Mobilisé un temps dans cette salle comme assistant, j'en faisais des cauchemars. Très vite, j'ai compris pourquoi on vous faisait signer l'engagement de ne jamais parler de cet endroit.

Au fil du temps, la disette n'a pas épargné le camp ; même les gardiens ne mangeaient plus à leur faim. Les cochons avaient été abattus et consommés jusqu'au dernier. Les prisonniers se nourrissaient de la pulpe et de l'écorce bouillie des arbres. La surveillance des convois de vivres, de plus en plus rares, avait été renforcée. C'est à ce moment qu'on m'a affecté à la gare du camp. Et c'est là qu'un soir, je n'ai pas résisté à l'envie de voler un chou. Par malchance, un supérieur m'a surpris. Je l'ai soudoyé en lui donnant une partie de mes économies. Avec ce qui me restait, j'ai « acheté » une place à bord d'un convoi qui repartait à vide. Depuis, je suis en fuite et je veux passer en Chine par le nord : la rivière Toumen gèlera dans quelques semaines.

… Le récit du déserteur n'est ni beau ni glorieux, mais, après tout, plus rien ne l'est depuis longtemps, hormis les paysages de montagne sur les billets de banque, à travers lesquels fuit mon bonhomme, et puis les chants qu'on rabâche dans toutes les écoles.

En 1985, deux fois par semaine, je dois donner des cours d'anglais à des officiers de je ne sais quel corps d'armée. On ne m'a pas laissé pas le choix… Le niveau moyen de mes élèves galonnés est incroyablement bas. À leurs réponses, je mets invariablement une bonne note. Je ne fais aucun effort pour qu'ils progressent. Finissent-ils par se rendre compte que je sabote leur anglais ? Que je leur demande de gober des mots sortis de mon imagination ? Je ne crois pas. Au bout de quelques mois, on me fait pourtant comprendre qu'avec mon accent du Deep South je leur enseigne un anglais trop… particulier. *Idem* pour Bill et Richard, qui dispensent des cours dans la même école militaire, mais d'autres jours de la semaine, si bien que je ne les croise jamais.

Après cela, on me confie un nouveau travail, qui me permet de m'évader sans quitter mon siège. Après vingt ans d'isolement et de propagande, l'aubaine est inespérée : on me demande d'écouter des radios étrangères, comme Voice of America ou Radio Free Asia, qui émettent en anglais, et de traduire leurs bulletins d'information sur la région… Des pontes qui veulent savoir précisément tout ce que, dans l'autre camp, on dit sur leur Corée…

C'est le premier courant d'air frais dans l'atmosphère confinée que je respire depuis 1966. Ils installent chez nous un poste de radio à ondes courtes et une machine à écrire, puis quelqu'un passe tous les deux jours relever mes comptes rendus... Je m'acquitte de ce travail du mieux que je peux, malgré mes difficultés pour rédiger en coréen. Non seulement je bénéficie de sources d'information extérieures sur le monde et la Corée, mais ces traductions reviennent à dire à ceux qui nous empêchent de partir : Voici la vie telle qu'elle est, non telle que votre régime la farde.

Le volumineux poste de radio nous redonne, à Setsuko et moi, l'appétit de vivre et gradue nos journées de bulletins d'information précieux. Et puis, nous écoutons des musiques que nous n'avions plus entendues depuis une éternité. Du jazz et de la pop ; des chants qui n'ont rien de martial. C'est idiot, dit comme ça, mais nous tenons alors la preuve que le reste du monde existe toujours. Nous suivons religieusement les actualités de la KBS[1] et Setsuko est d'autant plus assidue que, de nuit, on capte sans trop de mal les stations japonaises. Je me souviens très bien du jour où je fais écouter pour la première fois aux enfants Voice of America, en coréen cette fois. Je leur dis ceci : le monde que vous connaissez n'est pas le vrai monde. La Corée où vous êtes nés est une crevasse dans laquelle le temps est tombé et s'est retrouvé piégé. Sok-chun me croit sur parole, même s'il ne saisit pas bien toute la portée de ce que je dis. Quant à Eun-ok, elle doute que je sois dans le vrai. Le monde est où je suis et nulle part ailleurs, conteste-t-elle, sans en démordre. Elle me contredit tant et si bien que je finis par redouter qu'elle ne répète tout ça à l'instituteur, qui

---

1. Korean Broadcasting System, service audiovisuel public de Corée du Sud.

ne manque pas, le matin, d'interroger la classe sur les conversations des parents.

Souvent, Setsuko se demande si Naoko et elle sont les seules Japonaises à avoir été enlevées. Avoir la réponse ne changerait rien, et pourtant cette question revient d'une façon lancinante. Bill et Richard ont épousé des étrangères tombées dans un piège, mais enfin Ileana et Aïcha n'ont pas été kidnappées dans leur propre pays... La rumeur court que des Coréens du Sud ont été capturés et conduits ici pour former des Nord-Coréens – espions, commandos – à la vie au Sud. Mais des Japonais ? Au magasin en dollars, nous apercevons de temps à autre un couple qui parle japonais. Ma femme en est toute retournée. Le Japon n'a pas d'ambassade ici et il ne peut s'agir de diplomates, pas plus que de touristes ni de membres de familles en visite, sans quoi nous ne les croiserions pas, de loin en loin, depuis si longtemps. Ils semblent mariés, se tiennent par la main... Cette question turlupine tellement Setsuko que je me décide à les aborder en coréen. Ils ont l'air heureux, surpris de rencontrer un étranger, et parlent le coréen avec un fort accent. Setsuko ne desserre pas les dents. Elle ne veut rien révéler d'elle. Eux non plus ne dévoilent rien. Tout ce qu'ils veulent bien concéder, du bout des lèvres, c'est qu'ils habitent un quartier lointain et donnent des cours « dans un établissement ».

– Ce sont des gens de ma région, me dit Setsuko ensuite, quand ils se sont éloignés. À les entendre, c'est évident.

Un nouvel indice va me laisser penser que d'autres Japonais ont été enlevés. À partir de 1988, on fait de moi un acteur de cinéma. Ce travail m'accable, mais je n'ai pas le choix. Rien ne plaît plus aux enfants que de voir leur père à la télé, grimé, refait, dans un rôle d'Américain. À l'écran, papa devient un héros. Ils sont si fiers ! Pourtant, quand on me conduit pour la première fois aux studios de cinéma, je n'en mène pas large. Il y a là-bas tout ce qu'il faut – rues de siècles passés, mini-ville sud-coréenne d'aujourd'hui, pan de forteresse et pagode en toc, Godzilla de carton-pâte... À ma stupéfaction, on me fait intervenir dans le nouvel épisode d'un feuilleton que je suis déjà à la télé, sur les prémices de la guerre de Corée. Je dois endosser le costume d'un fonctionnaire du département d'État qui a eu prétendument une part de responsabilité dans le déclenchement des hostilités. Je deviens un certain « docteur Kelton ».

Le seul bon côté de cette aventure est de retrouver Bill, chargé également de jouer à l'Américain devant les caméras. Lui non plus n'est pas heureux d'être embarqué dans cette affaire. Nous ne l'exprimons pas, mais je suis sûr qu'il craint autant que moi de passer pour un traître, si, par malheur, un Américain venait à tomber sur ce feuilleton.

Il n'y a aucun risque.

On me sape comme un Américain de Washington et je dois apprendre vite fait les dialogues à débiter devant la caméra. C'est un calvaire : je n'ai aucune mémoire.

L'image de l'Amérique ne sort évidemment pas grandie de cette série télévisée. Bon an mal an, je réussis à abattre quelques scènes. Dans les vingt épisodes de cette série, j'apparais à partir du neuvième, 안개작전[1]... Quand je me vois à la télévision en docteur Kelton, par la suite, j'ai honte. Je me reconnais à peine, avec le crâne chauve qu'ils m'ont fait et des

---

1. « Opération Brouillard ».

lunettes à épaisse monture. En m'entendant répéter les phrases apprises par cœur, je me dis qu'on peut obtenir n'importe quoi d'un être humain qui espère. Mes gestes sont empesés et empruntés. Non, je ne reconnais pas cette version noir et blanc de moi-même. Combien de fois a-t-il fallu que je refasse les prises ! J'en ai eu des suées... Dans la rue, maintenant, les gens m'apostrophent joyeusement : « Docteur Kelton ! Docteur Kelton », sans se douter de la peine qu'ils me font : je suis donc identifiable, moi qui espérais qu'avec ce crâne d'œuf et les lunettes...

On me demande aussi de jouer le rôle d'un officier de marine américain, dans un film sur le *Pueblo*. Le dernier long métrage pour lequel on me mobilise comporte des scènes situées au Japon, après la guerre. Cette fois, je suis un agent de la CIA et j'ai pour partenaire un Japonais. Un Japonais ! D'où sort-il ? Certains éléments de la guérilla urbaine se sont exilés en Corée après avoir détourné un avion, il y a des années. Serait-ce l'un d'eux ? Franchement, je ne crois pas. Celui qui dit s'appeler Shigeru est tout en sourires et en amabilité, visiblement heureux d'avoir affaire à moi. Effacé et maladroit devant la caméra. Je l'observe longuement à la dérobée. Non, ce type n'a rien d'un terroriste.

Après le tournage d'une scène, je lui dis quelques mots de japonais que Setsuko m'a appris, histoire d'engager la conversation. Il en tombe des nues. Depuis combien de temps n'a-t-il pas entendu parler sa langue ? Dans la rue factice où nous tenons nos rôles, j'aimerais en savoir plus sur lui. Il m'intrigue. À la pause, on nous sert une boisson et nous avons un peu de temps. Nous pourrions en profiter pour parler. Au lieu de ça, rien.

Ce jour-là, j'ai apporté le sac de sport que la petite Tanabe a offert à Setsuko pour notre mariage. Tout est bon dans le film pour faire japonais, or les studios manquent d'accessoires. Quand Shigeru s'en saisit, il le considère avec attention. Il me le rend après le tournage et je me figure qu'il a glissé à l'intérieur un papier sur lequel il a griffonné quelque chose : adresse, SOS… Il n'y a bien évidemment rien, et ce jeune gars disparaît de ma vie avec tout son mystère. Je ne le revois jamais, si ce n'est le jour de la diffusion du film, à l'écran.

*

Dogū

Rarement je me suis senti autant à contre-emploi qu'en jouant à l'acteur. Je n'avais pas à interpréter un rôle de salaud et je me suis dit que cela pourrait m'aider. Ces images, bouteilles à la mer, voyageront Dieu sait comment autour de la Terre, au hasard des ondes. Les verront peut-être quelques personnes en dehors de la Corée, dans qui sait combien de temps. Et alors, sait-on jamais… Mais il est beaucoup plus vraisemblable que les bobines de ce film se couvriront de poussière et se détérioreront dans les archives du Nord, sans jamais en bouger.

Ni moi ni les Américains n'avons passé le moindre essai au préalable. Il était acquis que nous jouerions dans ce feuilleton dont je ne vois pas la fin. Chaque fois que j'entends « Moteur ! », mon ventre se noue. Ils vont me demander de reprendre et ce ne sera encore pas à leur goût. Ce n'est jamais à leur goût. Je ralentis le tournage. Le réalisateur, d'une humeur exécrable, me rabroue systématiquement, comme si j'étais le pire ennemi du peuple. Un jour, je lui ai répondu que mon métier était archéologue et que je n'avais jamais demandé à faire le singe devant une caméra, à quoi il m'a rétorqué qu'on ne choisissait pas.

Hors du champ de la caméra, je ne me sens pas plus à l'aise. Jamais je ne suis à l'aise; rien n'est conçu dans ce but ici, de toute façon. Ce n'est pas que dans ma vie antérieure, au Japon, je me sois senti à l'aise; au fond, je me demande pour quelle raison j'utilise cette expression car j'ignore ce qu'elle signifie au juste. De ce fait, vraisemblablement, je n'ai presque jamais eu d'ami véritable en ce monde. Mes amis sont morts: je les ai rencontrés dans les livres, étant, comme je l'ai déjà dit, archéologue de profession.

Je l'étais.

Ayant très peu d'amis parmi les vivants et n'ayant donné que rarement des nouvelles à ma famille, il est probable que personne ne se sera soucié de ma disparition. Suicide, aura-t-on sans doute conclu. Il s'est jeté d'une falaise et la mer n'a pas rendu le corps. Il était d'un naturel mélancolique, voire neurasthénique, alors…

Je ne m'habituerai jamais au fait de paraître insignifiant, invisible. Nul ne vous remarque. Nul n'entend vraiment ce que vous dites. Vous avez la voix transparente. Ce que vous racontez n'intéresse personne. On ne vous téléphone pas. Où que vous soyez, vous êtes en exil.

J'exagère. Il y eut quelques moments de plénitude. Le dernier remonte précisément au jour fatidique. Je marchais en savourant ma satisfaction, après des années de recherche. Moment de paix, dans la douceur matinale et maritime… Je portais au bureau de poste du port, à trois kilomètres, ma thèse d'archéologie sur les *dogū* [1], enfin terminée. Ces êtres de glaise aux yeux

---

[1]. Statuettes en terre cuite, représentant le plus souvent des femmes, et datant de la période Jōmon (de 14 000 à 400 avant Jésus-Christ).

globuleux me captivaient. Êtres sans défense venus du fond des âges, qui me regardaient depuis que, enfant, je les avais découverts dans un livre illustré sur l'histoire du Japon. Les *dogū* ont tenu compagnie au fils unique que j'étais, avec leurs traits de personnages de dessins animés. Maintenant, je note plutôt des correspondances entre ces figurines et l'art contemporain ; mais à l'époque, oui, c'étaient mes compagnons. Leur allure grotesque, pataude et mystérieuse, me parlait. Je les dévisageais comme si, d'un instant à l'autre, ils allaient consentir à me livrer la clé de leur énigme. J'imaginais les artisans qui les avaient conçus, à l'autre bout de la nuit des temps. À travers leurs sortes d'épaisses lunettes de neige, les figurines m'observaient. Petits batraciens d'outre-temps, comme vous m'avez fait rêver… Les années *dogū* ont fini par décider de ma vocation. Je leur ai consacré ma vie. Je leur dois ma perte.

Depuis six mois, j'effectuais des fouilles sur un chantier de la région, où nous avions retrouvé plusieurs statuettes aux yeux globuleux, en assez bon état. Mon collègue Takashi avait proposé de me déposer en voiture au village, mais j'avais préféré m'y rendre à pied : par ce moyen, Kodomari n'était pas à plus de trois quarts d'heure de notre campement.

J'aurais dû écouter Takashi. Depuis un bon moment, je marchais sur la route du littoral. On était à marée haute. Les vagues bleu-vert, avec leur toupet d'écume, naissaient et mouraient, naissaient et mouraient. Comme une voiture arrivait dans mon dos, je me suis rangé sur le bas-côté. Juste après m'avoir dépassé, elle s'est arrêtée. Des voyageurs de commerce égarés, sans doute. Ou bien le conducteur allait proposer de m'avancer ? Je n'ai pas eu le temps de dire ouf.

Plus tard, j'ai repris conscience à l'intérieur d'un bateau. Mon premier réflexe a été de vérifier si mon sac à dos était là. En le palpant, j'ai constaté que la liasse de feuilles dactylographiées était toujours à l'intérieur et je l'ai serrée contre moi.

Depuis ces événements, la présence de ce texte à mes côtés est mon seul réconfort. Après m'avoir au Japon pratiquement coupé de la vie, il me sauve ici, jour après jour. Mes ravisseurs m'ont permis de conserver mon manuscrit, comme s'ils avaient compris qu'il faisait partie de moi. J'étais *devenu* ce texte. Un centaure mi-papier, mi-homme. Être seulement homme ne m'intéressait à vrai dire plus guère. Le papier entrait désormais dans ma composition, avec ses réglures bleu pâle comme des veines. Le calcium et le phosphore ne me suffisaient plus. J'étais aussi un être de cellulose.

Comment aurais-je imaginé, enfant, que je deviendrais acteur de cinéma dans cette *Kitachōsen*[1], cette Corée du Nord qui me séduisait tant dans les récits de mon grand-père ? Il avait quitté la péninsule au début des années trente pour venir travailler dans le Tōhoku[2], où la main-d'œuvre coréenne était recherchée. Parti de Hamhŭng un soir de printemps, il avait failli sombrer avec son bateau dans une tempête avant d'entrer dans le port de Niigata. Quelque temps plus tard, il avait changé de nom et adopté le patronyme japonais que je porte – Hayashi. Mon enfance a été bercée par ses histoires du pays natal de la famille – ma grand-mère était elle aussi originaire du nord de la Corée. Nous autres, Coréens japonisés durant la période d'intégra-

1. Nom japonais de la Corée du Nord.
2. Région du nord de Honshū.

tion à l'Empire[1], nous avons toujours regardé vers le *Choson*[2] d'où nous venions. Mais, à choisir entre ses deux pôles opposés, c'est celui du nord qui exerçait le plus de fascination sur moi, et pas seulement parce qu'il englobait Hamhŭng, la ville où avait grandi grand-père. À bien y réfléchir, mon intérêt pour le Nord procédait sûrement d'une détestation pour la société de compétition à laquelle me préparait le cursus scolaire japonais. Comme d'autres, je rêvais de cette Corée qui construisait une société hostile à la finance et à l'individualisme. Des Japonais d'origine coréenne y avaient émigré après l'armistice[3], dans les années cinquante, et je projetais de les imiter quand je serais adulte. Je lisais tout ce qui me tombait sous la main concernant la Corée, me promettais d'apprendre un jour sa langue pour me débarrasser des « couches de laque » japonaise dont ma famille s'était laissé recouvrir depuis les années trente.

Mes parents marquaient eux aussi de l'intérêt pour le système au pouvoir au Nord, sans vraiment militer. Ils laissaient traîner sur la table du salon le *Shinbun Akahata*[4], dont j'aimais parcourir l'édition dominicale, parce qu'elle comportait des pages pour les enfants, avec une bande dessinée. Un temps, ils avaient fait partie de Chōsen Sōren[5], avant de le quitter, échaudés par son inféodation aveugle au Nord.

Puis est venu le temps du scepticisme, vers mes vingt ans. Je n'avais pas encore de préventions à

---

1. Annexée au Japon en 1910, la Corée ne recouvra son indépendance qu'à la fin de la Seconde Guerre mondiale.
2. « Corée », en coréen.
3. Conclu en 1953 à la fin de la guerre de Corée.
4. « Journal Drapeau rouge », organe du Parti communiste japonais.
5. Association des résidents coréens du Japon.

l'encontre de Pyongyang. Mes réticences de plus en plus fortes concernaient les étudiants qui se réclamaient de cette Corée-là. Leur goût de l'extrême, leur purisme m'étaient insupportables. Ils formaient la secte la plus violente que j'aie connue. Violente envers ses propres membres, pour les dissuader de dévier d'un cheveu de la doctrine. Et, petit à petit, les doutes se sont insinués en moi. Ils ont fini par s'infiltrer et par ruisseler en profondeur. On ne s'aperçoit de rien sur le moment. Tout se passe si loin, en soi ; on ne soupçonne pas qu'un glissement de terrain se prépare. Je me suis mis à lire ce qu'on écrivait contre la Corée rouge. Je m'autorisais la prose de l'« ennemi ». Au-delà de la mer du Japon ne s'étendait plus le paradis terrestre que je m'étais imaginé. Il s'y jouait une pièce de théâtre interprétée par vingt millions de figurants, une tragédie au terme de laquelle celui qui se trompait de réplique était supprimé dans les coulisses.

Dès lors, j'ai trouvé refuge dans l'histoire ancienne : la période Jōmon. J'ai eu le passé pour métier, plongeant dans le temps afin de fuir mon présent. Et maintenant, moi qui ai étudié les hommes venus du continent pour coloniser le Japon il y a des milliers d'années, me voici contraint de former des hommes du continent à devenir de parfaits Japonais... Ces Japonais qu'ils méprisent, je dois les interpréter devant la caméra. Qui sait si, dans les rues de Pyongyang, je ne côtoie pas de lointains cousins sans le savoir. Je longe leurs immeubles, marche sous leurs fenêtres, d'où ils me voient passer en bas, anonyme et minuscule. Nous sommes issus du même tronc familial et nos existences se frôlent. Et si nos regards viennent à se croiser, aucun éclair ne luit dans nos yeux. Peut-être est-ce un membre de ma famille qui m'a enlevé, chargé par le destin de me ramener sur la terre des origines, et je l'ignorerai toujours.

Si je n'étais pas surveillé, je me rendrais à la poste pour éplucher les annuaires et y chercher des cousins.

Je n'ai à lire et relire que ma thèse. Depuis qu'on m'a arraché au Japon, je la chéris, je la jardine. Elle est le seul lien tangible avec mon passé. Les caractères que j'avais tracés ne me sont ici d'aucune utilité, et pourtant je ne peux les détruire. Ce texte est ce que j'ai fait de moi. À force de le feuilleter, j'y ai apporté des nuances, je l'ai amendé. J'ai explicité ce qui demeurait imprécis. Je pense à Proust, dont l'œuvre a aidé certains prisonniers des camps. À Bergotte, aussi. Chaque retouche apportée à mon manuscrit est comme un « petit pan de mur jaune » et certains soirs, je me dis que cette détention, si elle vient à connaître une fin, aura eu quelque chose de bon. Si je parviens à retraverser un jour la mer avec mon manuscrit, nous reviendrons plus aboutis, lui et moi.

Oui, il ne me resterait plus qu'à trouver l'impensable, ici : une poste qui consentirait à acheminer cette version-là chez un éditeur, de l'autre côté de la mer. Or rien ne sort de ce pays. Dans la rue, je tends l'oreille, dans l'espoir d'entendre parler japonais ; peine perdue. Les seuls étrangers sont soviétiques ou chinois. Pour le tournage d'une scène, j'ai pourtant travaillé avec trois Japonais. Lorsque nous entendions « Moteur ! », nous interprétions nos rôles dans notre langue, mais dès que nous quittions le champ de la caméra nous devions parler coréen. On nous surveillait tant et si bien que je n'ai pas pu leur demander comment ils étaient arrivés là. Étaient-ils captifs, eux aussi ? Avaient-ils été prélevés sur la côte, sur l'autre rivage de la mer, parce qu'un metteur en scène avait réclamé tel ou tel type d'individu en prévision de rôles ? Ou parce qu'une école militaire voulait enseigner à ses guerriers l'art d'être japonais ?

J'ai maintenant l'intime conviction qu'eux aussi ont été enlevés. Ils avaient dans le regard cet égarement que je surprends dans le mien quand, fortuitement, j'aperçois mon visage dans une vitrine ou une glace lointaine et me rends compte après coup que c'était moi.

Et puis, il y a eu cet Américain. Drôle de bonhomme, fuyant, qui m'observait avec insistance, comme s'il avait voulu engager la conversation. J'ai pu comprendre qu'il avait épousé une Japonaise de Sadogashima... Ils habitent la grande banlieue. Il n'aurait rimé à rien que je lui confie mon manuscrit. Mon seul espoir, maintenant que le tournage a pris fin, c'est qu'il n'y en ait plus d'autre et qu'on me renvoie d'où je suis venu.

*

Troisième partie

Celui qui a un œil d'électricien ou d'aranéologue et qui, par surcroît, est doté d'une imagination supérieure à la moyenne remarque avant toute chose, dans le paysage urbain japonais des années quatre-vingt-dix, le maillage dense des fils aériens, qui tissent une manière de premier ciel au-dessus des rues, avant le vélum uniformément blanc des nuages. Ces câbles lui rappellent le réseau de roses des vents et de lignes des vieux portulans, réseau bien anarchique aux yeux du profane. Dans cette étroite canopée, les électrons filent à la façon de bolides, incomparablement plus rapides que les moyens de transport imaginés pour les citadins, quelques mètres plus bas, dans l'aquarium de l'avenue. À la mi-journée, c'est le jusant : les mots ne sont que quelques petits millions, comme catapultés par des frondes, à relier des correspondants l'oreille collée au combiné de leur téléphone, qui distribuent des consignes ou passent des ordres en Bourse ; mais, plus on avance vers le début de l'après-midi, plus la marée monte : après la pause-déjeuner, les affaires reprennent. Les mots prolifèrent au-dessus de la jungle urbaine sans que personne s'en inquiète en bas, dans le vrombissement des moteurs, la cohue des trottoirs.

Au-dessus de ces tranchées voilées par les cordages de l'ère moderne, les mots ne s'engouffrent pas seulement dans les câbles téléphoniques : en 1996, encore que très minoritaires, certains expérimentent le vol libre, et les paroles catapultées de portable à portable croisent sans les parasiter ni s'égarer parmi elles les images de télévision gonflées par millions comme des voiles, voiles éphémères et rapides que traversent les indices économiques et les bulletins météo émis par les stations de radio, si bien que l'air n'est pas saturé uniquement de voix mais aussi de paysages, de scènes, de visages du monde entier, des bayadères aux derviches, des sumōtori aux bonzes. Oui, l'air de Tōkyō est saturé de tout ça. S'y frôlent sans le savoir des ennemis irréconciliables – le dictateur et son dissident, l'inquisiteur et l'apostat, les Dioscures, et puis Étéocle et Polynice sur une scène de théâtre – qui, sitôt captés par les antennes et entrés dans les téléviseurs, reprennent leurs rôles respectifs : leur lutte à mort recommence.

Des milliers de personnes filmées aux quatre coins de la planète traversent ainsi en ectoplasmes l'air de la mégapole avant d'être reconstituées, comme les hologrammes d'une assemblée babélienne, sur les écrans de salons feutrés ou de chambres d'hôtel, à tous les étages, sur les façades desquels ruissellent des slogans publicitaires lumineux et verticaux acharnés à vanter, à proclamer.

Le plus stupéfiant, dans cette Babel moderne, c'est que les mots de toutes langues, les images de tous continents, les paroles de tous correspondants, après s'être enchevêtrés dans l'atmosphère tokyoïte, arrivent miraculeusement à destination, aimantés par les antennes polyglottes, les récepteurs de tous types, sans que rien subsiste des tempêtes d'électrons dans le ciel de la capitale. Jamais un mot d'une tierce conversation ne s'insère par effraction dans un autre échange. Jamais une bayadère à demi nue ne s'intercale entre deux bonzes.

Dans l'immeuble qui nous préoccupe, on ne regarde guère la télévision. On téléphone, mais avec tempérance, sans rien dire d'essentiel. On s'intéresse particulièrement à la Corée du Nord, cette année-là, car on croit dur comme fer, en haut lieu, que, avec la famine en cours et les pénuries, le régime est voué à s'écrouler. Dans l'une des alvéoles de cette ruche de trente étages, qui abrite une branche des services de renseignement et ses multiples rameaux, un fonctionnaire est chargé de visionner des films produits en Corée rouge, et il vient à l'instant de terminer *Dorajikkot*[1], sorti quelques années plus tôt des studios de Pyongyang. Au dos de la cassette, qui a collé ce résumé peu engageant : « Une jeune femme membre des brigades de travailleuses du Parti renonce à son fiancé, coupable de s'être laissé tenter par les sirènes de la ville, et décide de rester à la campagne pour combattre les inondations aux côtés des masses paysannes » ? Sujet prémonitoire, les inondations, songe Kaoru Tanaka, seul dans son bureau que le téléphone épargne. Quelle purge ! se lamente-t-il à l'idée de pondre une note de quatre mille signes sur le long (beaucoup trop à son goût) métrage de Jo Kyong-sun, dont il a déjà vu *Wolmido*[2]. Il repousse le pensum au soir, chez lui, quand il aura pris une douche et bu sa Kirin. Dans l'immédiat, il décide de s'attaquer à une autre cassette, *Le Piège*, dont le réalisateur ne lui dit rien. Il a deux heures devant lui avant de prendre

1. « Le calice ».
2. Film de guerre sur l'île de Wolmi.

des nouvelles de sa mère paralysée, qui vit là-haut, à Tōno, dans la préfecture d'Iwate. C'est son rituel de la fin d'après-midi, avant de quitter le bureau. Il engage donc la cassette dans le magnétoscope en maugréant. Quelle andouille, prétextant qu'ainsi nous pourrions mieux comprendre la situation intérieure de ce pays de fous, a décidé que je devrais ingurgiter des kilomètres de pellicule indigeste... D'un coup d'œil, il maudit la pile de cassettes en attente sur le coin du bureau. Si on lui avait dit qu'il finirait critique de cinéma (et quel cinéma, au ton ampoulé)... Si seulement il n'avait pas appris le coréen... Le faux Américain flotte dans son uniforme... Que fait ici ce Blanc, d'ailleurs, à l'accent incompréhensible ? Il faudra qu'il le mentionne, on ne sait jamais.

Alors qu'il a presque atteint le milieu du gué, Kaoru Tanaka presse tout d'un coup la touche *pause*, puis il revient en arrière. Les sourcils froncés, il repasse plusieurs fois une scène censée se dérouler à Tōkyō. Ce qui retient son attention n'est pas tant ce qu'il a sous les yeux que ce qu'il entend. Dans les films de la Corée rouge, les voix, lorsqu'elles s'expriment dans une langue étrangère, sont plus ou moins « couvertes » par celle du comédien qui double, restant néanmoins audibles. Et dans cette scène où un homme parle japonais, Kaoru Tanaka a relevé quelque chose d'insolite. Suffisamment étrange pour que, après un moment de réflexion, il téléphone à un fonctionnaire de l'Intérieur.

– Yamada-san ? Je crois que j'aurais besoin de vos lumières. Vous seul... Il faudrait que je vous montre... Quand vous serait-il possible de faire un saut à mon bureau ? Oui, urgent, je crois.

Le lendemain, le fonctionnaire Yamada visionne la scène en question et se concentre sur l'acteur. S'agit-il d'un ancien de l'Armée rouge japonaise, un de ces extrémistes qui ont fui en Corée du Nord ? Le type de l'Intérieur connaît leurs visages par cœur, si bien qu'il n'hésite pas longtemps.

– Aucun de ceux que nous avons identifiés... Ce gars-là est d'ailleurs trop jeune pour en être. Ceux qui se sont exilés là-bas ont aujourd'hui dans les quarante-cinq, cinquante ans. Celui-ci en paraît, disons, trente-cinq, trente-six. Et puis quoi, ce type. Il parle japonais, mais bon...

– Je suis originaire du département d'Iwate, Yamada-san. J'ai passé mon enfance à la campagne, là-bas. En écoutant cet homme, quelque chose m'a frappé. Par exemple, en réponse à une question, au téléphone, il dit *nda* au lieu de *so dessu*[1]. Là... Vous avez entendu ? Et, à la fin de la conversation, *obandessu* et non pas *konbanwa*[2]. Plus loin, dans une autre scène, il dit *menkoï* au lieu de *kawaï*[3]. Qui plus est, il a des inflexions qui ne trompent pas. C'est intrigant, tout de même. Je suis convaincu que nous n'avons pas affaire à un Coréen. Ce type est originaire de la préfecture d'Iwate, j'en mettrais ma main au feu...

– Vous savez, dans les années cinquante, beaucoup de *zainichi*[4] ont été attirés par ce régime et sont repartis là-bas...

– Vous croyez vraiment qu'un fils d'émigré, *a fortiori* né en Corée du Nord, emploierait des mots d'un dialecte du Tōhoku ? Moi non. Si vous voulez connaître le fond de ma pensée, Yamada-san, on dirait

---

1. « C'est ça ».
2. « Bonsoir ».
3. « Mignon ».
4. Terme qui désigne, entre autres étrangers, les Coréens qui ont immigré au Japon, et leurs descendants.

que ce gars souhaite adresser un message à des oreilles averties : *Je ne suis pas d'ici, je suis de là-bas, du côté d'Iwate*. Rien, dans la partie du film située au Japon, ne motive qu'un acteur fasse entendre une origine précise. Ce type doit incarner le Japonais lambda... peu importe qu'il soit d'Ōsaka ou de Wakkanai...

– Sans doute. Et vous en concluez ?

– Que ce type se trouve peut-être là-bas contre son gré. Qu'il serait bon d'en référer à la police d'Iwate ou à la brigade chargée des affaires de disparition. On ne sait jamais.

*

Oui, l'air des rues de Tōkyō est saturé de fantômes convoqués ici et là par des antennes. Des milliers de personnes filmées au bout du monde traversent l'espace, aimantées par ces tiges de métal, avant d'être reconstituées, hologrammes d'une orgie babélienne, sur les écrans de télévision des salons feutrés ou des chambres d'hôtel. Ce jour gris de mars 1996, d'autres ectoplasmes s'engouffrent à la queue leu leu dans des câbles téléphoniques, comme ces captures d'écran, photographies d'un acteur de cinéma adressées par téléfax à plusieurs services, à des fins d'identification. Réduits à une longue colonne d'atomes sous tension propulsés à l'autre bout du pays, les visages se reforment intacts, quelques minutes plus tard, sur les feuilles que des télécopieurs crachent, allez savoir comment, dans des bannettes vides.

Le rapport qu'il reçut en retour plongea Kaoru Tanaka dans une profonde perplexité. Il avait beau exercer cet étrange métier depuis un certain nombre d'années... L'acteur, expliquait-on, correspondait au signalement d'un dénommé Shigeru Hayashi, archéologue porté disparu le 14 septembre 1979 dans les environs de Kodomari (préfecture d'Aomori). Né le 6 mai 1955 à Iwate, il participait à un chantier d'archéologie et, le jour de son « évaporation », avait dit à ses collègues qu'il se rendait à pied au bureau de poste de Kodomari, près du déversoir du lac Jusan. L'employé de la poste avait assuré ne pas avoir vu l'homme en question ce jour-là. Un suicide ? Les recherches effectuées par des plongeurs dans le lac et le déversoir n'avaient rien donné. Quant à la mer, on ne peut la fouiller tout entière. L'affaire avait été classée sans suite.

Bien que Kaoru Tanaka fît appel à son imagination, il avait beaucoup de mal à raccorder les deux éléments – une marche sur la route du littoral, un jour de 1979, et un film sorti des studios de Pyongyang une dizaine d'années plus tard.

La police d'Iwate avait demandé une copie du film et la famille du disparu, à qui on l'avait montrée, avait reconnu Shigeru Hayashi sans la moindre hésitation. Ses parents étaient tombés des nues en découvrant que leur fils était toujours de ce monde, mais comme dans l'au-delà : de l'autre côté de cet énorme glacis maritime qui séparait deux civilisations. La famille en avait conclu que Shigeru, attiré de longue date par le Nord, avait choisi sans rien en dire d'aller vivre là-bas. Honteuse, elle n'en avait pas fait grand cas. La presse locale avait fini par avoir vent de l'affaire mais avait cru bon de ne pas en parler, par égard pour cette famille de *zainichi*.

En l'état, ce n'était plus une disparition, et nul n'était fondé à évoquer l'hypothèse de l'enlèvement.

Tanaka en référa à sa hiérarchie et suggéra – parce qu'un acteur blanc à fort accent américain jouait dans le film – qu'une copie fût transmise à l'ambassade des États-Unis.

Cette copie, que l'ambassade s'était contentée de faire suivre sans la visionner, aboutit quelques semaines plus tard sur un bureau de la Central Intelligence Agency, à Langley. À cet instant-là, cela faisait trente ans, un mois, six jours, huit heures et quarante minutes que le caporal Selkirk s'était présenté au pied d'un mirador ennemi par une nuit de forte neige.

*

L'imitation de la vie

Étant donné le nombre dérisoire de militaires américains happés par la Corée rouge depuis l'armistice, hormis les marins de l'USS *Pueblo*, qui, à une exception près, avaient tous réintégré leur pays au bout de quelques mois, il ne fallut guère de temps aux hommes de la CIA pour trouver une certaine ressemblance, voire une ressemblance certaine, entre l'acteur et l'un des rares GI à avoir franchi la ligne de démarcation. Les années avaient passé (trente !) et l'acteur était maquillé. Mais le « docteur Kelton » avait beau porter des lunettes et être chauve, la ressemblance n'en était pas moins troublante.

La CIA recherchait rien de moins que des preuves. Parmi ses mille et un experts, elle disposait d'une perle, spécialisée dans l'étude des oreilles, qui avait la faculté de faire parler bien des portraits. Une quantité de fois, cet homme de l'ombre avait élucidé des mystères, déterminant qu'à telle ou telle cérémonie, un chef d'État étranger aux penchants peu démocratiques n'était pas apparu en personne mais avait délégué un sosie, signe que son état de santé n'était plus ce qu'il avait été et que, par voie de conséquence... Cet expert passait pour avoir démontré, en analysant la forme de ses oreilles, que le Mao nageant dans le Yang-Tsé à

Wuhan, un jour de juillet 1966, était une doublure. La vérité se cachait dans les oreilles… À l'en croire, il n'y avait qu'une chance sur deux cent mille pour que les oreilles d'une personne soient identiques à celles d'une autre. Et c'est cet expert qui confirma à la CIA ce qu'elle faisait plus que soupçonner : le caporal Jimmy Selkirk contribuait activement à la propagande ennemie, car les oreilles de l'acteur et celles du soldat, telles que les montraient les photos de résolution médiocre prises lors de son incorporation dans l'armée, ne laissaient pas place au doute.

*

Les deux visiteurs cravatés et chapeautés n'avaient rien expliqué de précis lorsqu'ils s'étaient présentés à son domicile et lui avaient remis en main propre une convocation assortie de l'adresse à laquelle elle devait se rendre en Virginie, où sa présence était instamment requise dans le cadre de l'enquête sur la disparition de son fils trente ans plus tôt. Nancy Selkirk était une veuve septuagénaire, mère de sept enfants, dont deux décédés et un troisième porté disparu à la frontière intercoréenne. Et voilà qu'ils venaient lui retourner le couteau dans la plaie, comme si ça ne suffisait pas, si bien qu'elle avait difficilement contenu son irritation. Et puis, Nancy Selkirk n'avait jamais fait d'études ; elle avait toujours vécu dans la peur des gens galonnés ou diplômés ; ce petit rien – la visite de deux sbires aux cheveux courts et au ton raide – avait suffi à l'impressionner. Mais enfin, s'ils avaient du nouveau ? Ils ne venaient pas en ennemis, lui avait dit une de ses filles un peu plus tard, pour l'apaiser. Et s'ils avaient du nouveau, concernant Jim ? Tu devrais faire l'effort d'y aller pour en avoir le cœur net. Mais, objectait la mère au fond d'elle-même, fallait-il vraiment qu'il y ait du nouveau, après trente ans ? Ce fils, si d'aventure on le lui présentait demain, serait-il encore *son* fils ? Après un moment d'hésitation, elle se répondait : Mais oui, que tu peux être sotte parfois, ma pauvre Nancy. Bien sûr que ce sera ton Jim.

*

En voyant l'homme à lunettes assis derrière un si grand bureau, la mère eut un sentiment étrange. Et lorsque cet homme releva ses lunettes à verres fumés, elle crut qu'on avait fabriqué un androïde à l'image de son Jim. Pourquoi aurait-on fait ça ? Ce teint cireux, ces mouvements d'automate qui n'évoquaient guère la vie mais, plutôt, son imitation… Pour cette femme qui n'allait pas au cinéma et ne s'était jamais aventurée dans une salle de spectacle, cette allure guindée faisait penser à celle d'un robot. Ce n'était pas son fils, ce bureaucrate raide au crâne chauve et à la peau si pâle. Elle avait pourtant le fol espoir que ce fût lui. Trente ans. Qu'avait-il fait ? Qu'avaient-ils fait de lui ? Une image de Jim flottait à cinquante centimètres d'elle : fils fantomal qu'elle ne connaissait pas, mais qu'elle avait sans doute connu ; en somme, revenu d'entre les morts. Car, depuis l'hiver 1966, elle considérait qu'il était dans l'autre monde. Elle ne comprenait pas que ce qu'elle voyait à l'écran était pure fiction. Son fils, un acteur ? Elle n'aurait pas été plus choquée si on lui avait annoncé qu'il était devenu parrain de la Mafia ou prêtre vaudou. Que faisait-il là, si tant est que ce fût lui, recevant et sermonnant théâtralement un militaire ? La mère en était restée à la lettre énigmatique qu'elle avait reçue de lui un jour de mars 1966, lettre dont elle n'avait pas soufflé un mot, ainsi qu'il le demandait. Puis elle avait attendu d'autres nouvelles, en vain. Tout ce qu'elle avait reçu était la visite de trois militaires, gênés, venus lui signifier que son fils était *missing*, manquant sur la frontière la plus dangereuse au monde, et ils lui avaient posé des questions à la dérobée, l'air de rien.

Puis la mère l'entendit parler. Le doublage ne recouvrait la voix qu'au bout d'une ou deux secondes, si bien qu'elle put reconnaître celle de Jim et dire sans hésiter oui, c'est sa voix, mais ce n'est pas lui, énoncé absurde à tout esprit qui n'aurait pas suivi l'affaire, mais qui ne dérouta pas les militaires. En quête d'une explication, la mère considéra de ses petits yeux vairons les personnes autour d'elle. Que faisait à l'écran un fils disparu aux fins fonds de l'Asie ? Et la lettre qu'elle avait reçue de lui, dans laquelle il expliquait qu'il voulait atteindre l'URSS pour échapper au Viêt Nam ? Nancy Selkirk resta bouche bée.

Tout le temps que dura la séquence, la veuve oscilla d'un sentiment à un autre et ne pipa mot. Lui tendait-on un piège ? Quand son fils reparaissait en gros plan, elle fronçait les sourcils et semblait absorbée, dans le capharnaüm de sa mémoire. Jim avait-il gravi l'échelle sociale ? Il dirigeait, donnait des instructions à des Américains. Il portait des lunettes fumées, une cravate et une chemise blanche lui aussi, comme les types venus l'interroger après sa disparition. Et le ton de sa voix était sec. Il avait tellement changé !

Et si tout n'était que manipulation ? Et si Jim n'avait jamais déserté et était resté en Corée du Sud pour diriger en secret un nid d'espions, de commandos, ou tout autre chose ?

Quand les agents firent la lumière dans la pièce, ils remarquèrent que la mère avait les yeux embués.
– Qu'est-ce que c'est que ça ?
– Qu'est-ce que vous avez fait de lui ?
– Quand pourrai-je le voir ?

Elle finit par entendre ce qu'on lui répétait : Jim ne se trouvait pas dans un bureau de l'armée américaine mais dans un simulacre, très loin d'ici. Dans la *fiction*, madame. Vivant ?! Lorsqu'elle prit véritablement conscience qu'il était toujours de ce monde, depuis la fameuse nuit de février 1966, ses nerfs lâchèrent. Vivant en ce moment même, on ne peut pas vous le certifier, madame. Il l'était il y a cinq ans, lorsque cet épisode a été tourné. Maintenant, s'ils l'ont diffusé et ont montré votre fils à la télévision, il y a tout lieu de penser qu'ils ont pris soin de lui. Une prise de guerre comme ça, ils n'en ont pas beaucoup.

Avant de la rendre à sa vie de veuve, ils lui firent signer l'engagement de ne rien révéler, sous peine de poursuites. Si vous souhaitez le revoir un jour, il ne faut parler de ça à personne, c'est bien d'accord ? Que vos enfants n'en disent rien non plus. Dans l'intérêt de votre fils. Ne rien dire aux voisins. Rien à personne. La presse a des oreilles... Cela pourrait lui nuire. Et puis, c'est toujours un soldat, ne l'oubliez pas. Ce qu'il a fait n'est pas beau, vous savez. Pas beau du tout. Notre pays est engagé militairement dans plusieurs régions du monde, en ce moment, et on ne peut pas dire que votre fils montre le bon exemple à ceux qui combattent.

*

Un prénom en « ko »

À propos de l'incident « mineur » qui se serait produit durant la nuit à la centrale nucléaire d'Onagawa, Hideaki Minamoto avait beau faire, pas moyen d'obtenir la moindre ombre de confirmation. L'opérateur de la centrale avait démenti toute fuite radioactive après la secousse de magnitude 5,9 et s'était fendu d'un communiqué censé dissiper les inquiétudes. La préfecture n'avait décrété aucune mesure de sécurité particulière aux abords. Faudrait-il donc garder le conditionnel ? Hideaki Minamoto exécrait ce temps de la conjugaison réservé aux supputations et insinuations. Raconter le monde ainsi, dans la rubrique « Faits divers » de l'*Iwate Nippō*, ne pouvait satisfaire cet homme devenu perfectionniste sur le tard. Il lui préférait cent fois le présent mais, pour cela, il fallait une confirmation.

Il ne lui restait qu'à tenter sa chance auprès du vieux Mori, son indic à la direction locale de la police, censé partir à la retraite depuis cinq ans et qu'il ne manquait pas de consulter tant que c'était possible. On le soupçonnait sinon d'émarger aux services secrets, à tout le moins de fricoter avec eux, mais, à ce sujet, on ne pouvait employer que le conditionnel.

– Non, mon vieux, encore des ragots d'écolos. Ta centrale n'a pas bougé d'un millimètre. Et l'air est pur autour, tu pourras pique-niquer à l'ombre du réacteur dimanche prochain... Laisse tomber. Tu sais, j'ai pensé à toi pour ta rubrique « Insolite », avant-hier, mais je ne t'ai pas appelé parce que c'est du *off*.

– Tu ne refuseras quand même pas de m'en dire un mot ?

– Si tu veux, mais alors motus, pas une ligne, hein ?

Après avoir raccroché, Hideaki Minamoto regretta de connaître cette histoire sans pouvoir en tirer parti. Il aurait adoré creuser la question, mettre un peu son nez là-dedans. Un type du coin, archéologue, disparu sur la côte en 79, resurgit longtemps après sous la forme d'un acteur nord-coréen. C'était si peu crédible ! Il avait oublié la centrale qui ne fuyait pas vraiment, mais ce que lui avait raconté Mori par ailleurs revenait avec insistance et remuait certains souvenirs, notamment celui-ci : le numéro un de la Corée rouge se piquait d'art. Il orientait, retouchait les scénarios. Il produisait des opéras. Voici quelques années, avant même d'avoir succédé à son père, il s'était offert un cadeau de premier choix en faisant enlever dans le plus grand secret la grande et belle actrice sud-coréenne Choi Eun-hee, puis, quelque temps plus tard, son ex-mari Shin Sang-ok, afin que le couple exerce ses talents au profit du Nord... À quand remontait cette aventure rocambolesque ? L'un et l'autre avaient été kidnappés à Hong Kong, séparément. Chacun avait passé les premiers temps – un an ? deux ans ? – en Corée du Nord sans savoir que l'autre y vivait aussi. Minamoto consulta les archives du journal et retrouva ce qu'il cherchait à l'année 1978. Un an avant la disparition de notre archéologue, songea-t-il. Et après ? À quoi bon enlever un archéologue pour en faire un acteur, alors qu'on enlevait déjà des acteurs ? Cela n'avait aucun sens. Quelque chose clochait. Dans le cas de Choi Eun-hee et de son ex-mari, chargés de relancer les studios de Pyongyang, le « cher leader » avait eu de la suite dans les idées… Shin Sang-ok avait tourné au Nord notamment *Pulgasari*, dans lequel un monstre de carton-pâte prend part à une jacquerie contre un seigneur qui opprime le petit peuple… L'actrice et son ex-mari avaient réussi à s'échapper huit ans après leur kidnapping, lors d'une tournée en Autriche…

Enlevés à Hong Kong l'un après l'autre, quelque temps avant la disparition de l'archéologue-acteur… La mémoire de Hideaki Minamoto avait décidé de ne pas le laisser en paix ce jour-là. Elle s'épuisait à chercher autre chose. Mais quoi ? L'affaire de l'archéologue lui rappelait confusément un fait divers qu'il avait traité lui-même. Il s'immergea dans son *press-book* pour s'éclaircir les idées. Chaque article réveillait un petit pan de sa vie : ses premières affectations dans des « locales », à Wakayama, puis à Tottori, puis dans le nord du Tōhoku où il avait épousé une consœur, dont il était divorcé aujourd'hui, mais c'était une autre histoire.

Oui, la silhouette fantomale d'un fait divers se dessinait peu à peu dans sa mémoire. Au bout d'un moment, son visage s'éclaira. Il y était enfin… C'était ça : Tottori, le 20 août 78…

Tottori, de notre correspondant Minamoto Hideaki. Hier après-midi, un couple d'estivants a été victime d'une agression peu ordinaire, sur une plage des environs de Tottori. Alors qu'ils venaient de se baigner, les deux fiancés ont été assaillis par plusieurs individus, qui les ont ligotés et jetés dans des sacs en jute, manifestement pour les kidnapper. Par chance, des promeneurs accompagnés d'un chien les ont surpris et les malfaiteurs ont pris la fuite en voiture, abandonnant sur place leurs victimes, des vacanciers de la région de Nagoya.

Ce dont le journaliste se souvenait, c'était justement ce qu'il n'avait pas écrit dans l'article, qu'il avait dû bâcler à l'heure du bouclage. L'un des agresseurs avait lancé ces mots aux jeunes gens tandis qu'il les ligotait : « Veuillez garder votre calme. » Sur l'instant, cela n'avait pas paru pertinent à Hideaki Minamoto. La formulation employée par l'individu relevait pourtant d'un niveau de politesse tout à fait inapproprié à la situation, et sa maladresse trahissait sans doute le fait qu'il était étranger. Pourquoi avait-il laissé passer ce détail crucial ? Manque de place, sans doute. Manque de temps pour réfléchir. Et aussi parce qu'il n'était pas de la police et que, pour ses lecteurs, ce détail n'avait pas de réelle valeur.

À y repenser, c'était tout différent, et il ne pouvait s'empêcher de faire le lien avec la disparition-réapparition de l'archéologue Hayashi. Les agresseurs de Tottori, après leur échec, auraient-ils réédité l'opération plus loin ? Ces derniers temps, on parlait de faux « bateaux de pêche » venus de Corée rouge avec des cargaisons de drogue remises contre espèces, la nuit, à des yakusas. Ces navires repartaient-ils avec des otages ?

Ce qu'il aurait fallu écrire, en août 1978, Hideaki Minamoto ne l'avait pas écrit. **Les ravisseurs se sont montrés beaucoup trop polis envers leurs victimes**, aurait-il pu mentionner en se focalisant sur le « détail » inexpliqué. L'important, il avait glissé dessus et n'avait pas cru bon d'en parler. Une telle erreur de jugement, Hideaki Minamoto l'avait peut-être répétée maintes fois au long des dix-huit années écoulées depuis lors. Par facilité, par négligence. Parce qu'il avait le plus souvent préféré se vautrer dans sa nonchalance, au soleil de sa petite vie, plutôt que d'aller au fond des choses : et il s'en voulait amèrement, à présent qu'approchait son départ à la retraite. Remords, baroud d'honneur ? Sans doute du remords entrait-il en compte aujourd'hui dans le fait qu'il ne voulait plus laisser passer un détail du genre : le ravisseur a fait preuve d'une courtoisie insolite lors d'un enlèvement. Il aurait été exagéré de dire qu'il aurait aimé remonter le temps jusqu'en août 78 pour récrire le petit article. Pourtant, il y avait bien un peu de cela. À deux ans de la retraite, il était dans un placard et n'avait plus à plaire à tel ou tel chef de service. Tout ce qu'il voulait encore était ne pas avoir honte des mots qu'il tapait jour après jour et que, vraisemblablement, personne ne lisait, car le lecteur avait compris qu'Hideaki Minamoto laissait s'envoler chaque fois *le* détail pertinent.

Oui, désormais, il ne voulait plus bâcler ; il prenait goût aux pistes imprécises, que beaucoup de collègues n'avaient pas le temps de suivre et qui auraient dû être pourtant le sel du métier.

Le lendemain, Hideaki Minamoto entreprit de téléphoner à des confrères d'autres régions, auxquels il avait l'habitude de rendre de petits services, comme effectuer des recherches dans les archives de son journal ou leur communiquer ses sources dans la région d'Iwate. Ces échanges de bons procédés entre principautés journalistiques lui étaient parfois d'un grand secours lorsque certaines affaires débordaient du cadre de sa préfecture.

Dans la plupart des cas, il ne reçut que des réponses dilatoires. Rares étaient les correspondants qui étaient déjà en poste à la fin des années soixante-dix. Ils lui promettaient de jeter un œil dans les archives. Matsue, Niigata, Hakodate, Fukuoka, Miyazaki : de partout lui revint le même son de cloche. La question qu'il posait n'évoquait rien. On ne le rappela ni ne lui écrivit, et les semaines passèrent. Puis, à Kagoshima, un confrère du *Minami-Nippon Shinbun* lui communiqua les coordonnées d'un fait-diversier parti à la retraite depuis peu. Lequel, lorsqu'il prit contact par téléphone, lui déclara qu'il se plongerait dans son *press-book*, où ses articles étaient classés année par année. Un maniaque, se dit Hideaki Minamoto, qui jugea sa bonne volonté de pure forme et commença à se dire qu'il n'aboutirait à rien.

Quelques jours plus tard, cependant, il recevait par la poste la photocopie d'une brève datée du mois d'août 1978 :

Mystérieuse découverte sur le littoral.

Une auto a été retrouvée mardi soir abandonnée sur le bord de la route 389, à quelques kilomètres de Nagashima. Alertée par un habitant intrigué de voir le véhicule en stationnement en bord de mer depuis trois jours, la police a déclenché des recherches. À l'intérieur de la voiture, qui était fermée, elle a retrouvé un sac à main contenant les papiers de l'occupante, Kimura Midori, domiciliée à Kagoshima, et un petit appareil photo. Sa famille a déclaré que la jeune femme était partie samedi en excursion avec son fiancé, Hori Shoji, pour la journée. Les recherches entreprises n'ont pas abouti pour l'instant.

Le journaliste à la retraite précisait que, à sa connaissance, le couple était toujours porté disparu. La police avait classé l'affaire sans suite, car ni les plongeurs ni les agents n'avaient retrouvé de corps dans les parages. Et il ajoutait – ce qui ne figurait pas dans son article – que sur les photos prises avec l'appareil découvert dans l'auto on voyait en alternance le fiancé et son amie, souriants, soit dans un restaurant d'Akune où l'on confirmait les avoir servis le samedi à midi, soit en divers endroits de la côte. D'après les enquêteurs, ces photos-là dataient du jour même de la disparition du couple. L'homme et la femme avaient l'air si heureux, à l'aube d'une vie commune, que les inspecteurs avaient écarté l'hypothèse d'un double suicide.

*

Hideaki Minamoto avait prévu de passer la Golden Week chez sa sœur Minako, à Tōkyō, et de revoir là-bas quelques vieux amis. Il comptait mettre à profit son séjour pour creuser cette histoire de disparitions, qui le tarabustait. À cette fin, il avait pris des contacts avec plusieurs responsables d'administration, notamment au quartier général des garde-côtes.

Minako était l'exact contraire de son frère, et pourtant ils restaient très attachés l'un à l'autre. Constamment vêtue de noir et montée sur des talons compensés, maquillée de sorte que son teint déjà pâle le fût davantage, elle s'intéressait exclusivement à ce qui laissait son frère indifférent, et vice versa. Quant à ses fréquentations, Hideaki Minamoto préférait ne pas creuser le sujet. Au bout de quatre jours, il satura et fuit chaque fois qu'il le put l'appartement exigu et l'incompréhensible

Minako, laquelle, faute de travailler, passait le plus clair de ses journées chez elle.

Au fil des rendez-vous, il apparut qu'on souhaitait être aimable et serviable avec lui, mais une sensation de malaise s'installait dès lors qu'il posait certaines questions. Que savait-on ? Que ne savait-on pas ? À quel moment pénétrait-on dans la zone grise des incertitudes et des suppositions ?

Au quartier général des gardes-côtes, étrangement, on ne fit aucune difficulté pour lui montrer une prise de guerre. Un faux chalutier venait d'être renfloué et entreposé sous un hangar. Minamoto en avait entendu parler au moment des faits, cinq ans plus tôt, et son cicérone lui dessina les contours de l'incident : un jour de l'automne 1991, les gardes-côtes avaient repéré les déplacements insolites d'un navire à l'écart des zones de pêche et sans port d'attache, et ils avaient entrepris de le surveiller de près. Le bâtiment, prétendument japonais, n'était répertorié nulle part. Son nom était de pure fantaisie. Lorsqu'ils étaient entrés en contact radio pour procéder à des vérifications, le capitaine avait refusé de couper les moteurs et poursuivi sa route. Et quand ils avaient tiré les premiers coups de semonce, le navire avait changé brutalement de cap et s'était éloigné vers le nord à pleins moteurs. Des vedettes des gardes-côtes et des hélicoptères l'avaient pris en chasse avant qu'il n'atteigne les eaux internationales et c'est alors que la situation avait dégénéré. Il devait y avoir une quinzaine d'hommes à bord du « chalutier ». Au moment des premières manœuvres d'abordage, les gardes-côtes avaient essuyé des rafales de mitraillette. La fusillade avait duré près d'une demi-heure. Un incendie s'était déclaré à la proue du bateau mystérieux, qui avait sombré en peu de temps. Aucun rescapé n'avait été repêché.

– Regardez cette énorme porte arrière, continua-t-il après avoir marqué une pause. En s'ouvrant, elle libérait un petit bateau espion : celui que vous voyez ici.

Le journaliste inspectait des yeux le ventre du moloch, commençant à comprendre où l'autre voulait en venir.

– Le navire a coulé entre la baie de Tōkyō et Izu Ōshima... En plus de ce petit bateau ultra-rapide, difficile à apercevoir comme à rattraper, il avait dans sa cale des scooters sous-marins et des armes de différents calibres. Tout un arsenal...

Le garde-côte fourrageait dans un tas d'objets et en désigna un.

– Et ça, regardez...

Il s'agissait du portrait retouché d'un homme au sourire trop large pour être sincère. Sur fond rouge, le père fondateur de la Corée du Nord.

– Le bateau rapide et les scooters leur permettaient d'atteindre la côte quand ils voulaient. Allez savoir combien de temps ils ont fonctionné ainsi, avant que nous prenions en chasse le bateau rapide, qui a filé sans répondre à notre demande d'identification... nous l'avons perdu de vue dans les parages du faux chalutier, ce qui a renforcé nos soupçons.

– Près de la côte ?

– Pas loin d'un endroit que les services secrets surveillaient discrètement depuis un certain temps : une villa du rivage, vers le cap Manazuru. Vous connaissez, sans doute ?

– ...

– Un très beau coin. Là-bas se trouve la villa qu'occupait un certain docteur Satō, qui s'est volatilisé. Satō est un nom d'emprunt. C'était un *zainichi*. La famille de ce médecin était arrivée de Corée à la fin des années trente.

Le surlendemain, par un temps beau mais moite, Hideaki Minamoto, parti très tôt de la gare de Tōkyō, descendit du *Kodama* trois quarts d'heure plus tard à Atami, où il prit une chambre dans la première auberge venue avant de se faire conduire au cap en taxi. « Dr Satō » était effectivement gravé sur une plaque en métal. Hideaki Minamoto sonna à tout hasard, avant d'entreprendre un tour des lieux. Il faisait déjà très chaud et les cigales, dissimulées dans le feuillage, étourdissaient les lieux d'un zinzin puissant. Il suivit un sentier en pente douce jusqu'à une crique, où il s'assit sur un rocher, face à la baie de Sagami. Qu'avait-il bien pu se passer dans la villa blanche ? Des agents du Nord avaient dû transiter par là. Des victimes d'enlèvement, peut-être aussi. Se sentant surveillé, le docteur avait-il tenté de fuir à bord du faux chalutier ? Le journaliste aurait aimé inspecter l'intérieur de la villa mais il aurait fallu escalader le mur d'enceinte. Quant aux portes, elles étaient verrouillées. La police avait dû faire un patient travail d'archéologue… Et puis, quel lien direct avec l'évaporation de Shigeru Hayashi et sa réapparition lointaine, sa « réverbération » sur des écrans de télévision nord-coréens ?

À son retour à l'auberge, il lui arriva quelque chose d'étrange. Alors qu'il prenait le couloir menant à sa chambre, Hideaki Minamoto vit un homme, qu'il avait aperçu assis dans le hall, lui emboîter le pas. Minamoto-san ? demanda celui-ci alors que le journaliste parvenait devant sa chambre. J'aimerais m'entretenir avec vous un petit moment… Une fois assis au bar, ce type d'âge moyen, courtois et souriant, lui tendit une carte – non pas sa carte de visite avec son nom et son titre, mais celle, plastifiée, qui prouvait son appartenance au Naikaku Chōsashitsu Betsushitsu[1], et Minamoto pâlit. Rassurez-vous, dit l'autre. Vous n'avez rien à craindre.

Plus tard, lorsque, cherchant le sommeil, Hideaki Minamoto repenserait à cette conversation, il s'apercevrait que son esprit avait souligné en rouge un passage précis, dont le souvenir était gravé dans sa mémoire avec netteté.

– Ce qu'on vous a dit chez les gardes-côtes n'est pas faux. Ils ont dû vous montrer le navire renfloué, non ? Ils aiment bien le montrer. Leurs intérêts ne coïncident pas avec les nôtres. Ils voudraient que la presse en parle davantage ; je crois qu'ils s'estiment un peu abandonnés à eux-mêmes dans la lutte à livrer aux trafiquants nord-coréens… Ils souhaiteraient qu'on augmente leur budget en conséquence ; on ne peut pas leur en vouloir. Ils ont dû aussi vous parler de la villa du cap, sans quoi vous n'auriez pas grand-chose à faire à Atami… Ce Satō, derrière sa plaque de médecin, cachait une tout autre fonction : agent dormant de la Corée du Nord. Et il a eu le malheur d'être « réveillé » voici quelque temps. Aussi les lieux ont-ils fait l'objet d'une surveillance. Vous vous êtes intéressé à des cas de disparitions bizarres, n'est-ce pas ? La presse est libre, la question n'est pas là, Minamoto-san… Je ne veux pas m'immiscer dans vos activités professionnelles. Il faut cependant vous garder de conclusions hâtives… La situation est plus complexe

---

1. Aussi appelé Naichō. Littéralement, « Bureau de recherche du Cabinet », autrement dit les services de renseignement central.

que vous ne l'imaginez. Peut-être estimez-vous avoir toutes les cartes en main ? Je peux vous certifier que ce n'est pas le cas, j'en suis désolé... Après, vous faites ce que vous voulez, bien sûr. Mais j'aimerais m'assurer que vous avez bien envisagé tous les aspects et soupesé les risques que...

Plus tard :

– Si, comme vous le pensez, certaines personnes ont été emmenées de force dans ce pays, croyez-vous qu'il serait judicieux d'évoquer une affaire pour laquelle nous ne disposons pas de preuves ? Ni vous ni nous n'en avons la moindre. Des soupçons, certes. Beaucoup. Mais de là à provoquer une crise diplomatique et à menacer la sécurité d'éventuels captifs... En mesurez-vous les répercussions ? Des vies humaines, Minamoto-san... Les gardes-côtes constatent depuis longtemps que des bateaux venus de là-bas débarquent de la drogue sur le littoral, nuitamment, et que leurs occupants sont en cheville avec une branche du milieu yakuza... C'est fort délicat, tout ça, car cette branche-là a des accointances au sein de certaine faction politique influente – sous-entendu, proche du pouvoir, n'est-ce pas ? Vous voyez... Et puis, nous préférons avancer nos pions discrètement, sans nuire aux équilibres dans la région. En ce qui concerne les disparitions, mieux vaut intervenir en coulisse, sans humilier publiquement un pays tiers... Nos relations avec celui-ci sont déjà très difficiles. Ils ne nous portent guère dans leur cœur, en Corée, que ce soit au Nord ou au Sud d'ailleurs. Faire perdre la face à Pyongyang sans même que nous ayons la moindre preuve serait une faute de notre part, qui pourrait avoir des conséquences...

Minamoto avait vite compris que l'agent était mû aussi par la curiosité. Le journaliste lui avait exposé les recoupements qu'il avait pu faire et les indices troublants qu'il avait glanés. Quand il eut déclaré qu'il ne tenait pas à écrire dessus et n'était pas à Tōkyō en service commandé pour son journal, l'autre s'adoucit. À la bonne heure, lisait-on sur son visage. L'homme devint plus disert, au point que Minamoto lui demanda quand les soupçons du Naichō avaient été éveillés.

– Je ne peux pas tout vous dévoiler. Certaines choses sont confidentielles. Ce qui est de notoriété publique, vous vous en souvenez sans doute, c'est la destruction en vol d'un appareil de la Korean Air, il y a quelque chose comme dix ans. À Berlin, où l'avion avait fait escale, une Asiatique avait été arrêtée en possession d'un faux passeport japonais. L'homme avec qui elle voyageait s'est donné la mort au moment où on allait le capturer. La femme, elle, a survécu et a fini par avouer qui elle était. Ce qu'elle a révélé à nos collègues sud-coréens a éveillé nos soupçons. Je ne peux que vous dire ceci : elle a été formée dans son pays à se faire passer pour une parfaite Japonaise. Et c'est une Japonaise, une jeune femme d'à peu près vingt-vingt-deux ans, selon elle, qui a été chargée de ça.

– L'avez-vous identifiée ?

– Comment voulez-vous ?... L'espionne nord-coréenne n'était pas sûre de son prénom. Masako, Naoko... un prénom en « ko », en tout cas. Avec ça, nous voilà bien avancés... Chaque année, des personnes portant les prénoms de Masako, Naoko, Mariko, Noriko, Fumiko et je ne sais quoi encore disparaissent sans laisser la moindre trace. Et puis, que voulez-vous faire de simples présomptions ? L'indice est ténu. Vous le savez bien, ce pays nous donne du fil à retordre, et ce n'est pas près de s'arrêter. La CIA est persuadée que le régime n'en a plus que pour quelques mois, quelques années au plus. Je me garderai bien d'être aussi affirmatif. Ce pays a su dans le passé faire le dos rond et vivre longtemps en vase clos. Comme nous, n'est-ce pas ?

*

Remuer ciel et terre

Par temps clair, comme c'était le cas ce jour-là, on distinguait avec une parfaite netteté l'autre rive du lac. À l'approche de la saison des pluies, le phénomène était rare. Parfois, pour se changer les idées, elle cherchait à comprendre pourquoi ce lac sans fin, qui l'apaisait, avait été associé, par son nom, à un instrument de musique des siècles passés. Sa forme ? Elle ne voyait pas. Peut-être, de plus haut, du mont Hiei, cela apparaissait-il comme une évidence, mais depuis qu'ils vivaient là elle ne s'était jamais rendue au sommet de la montagne sacrée.

Elle avait fait une longue marche à travers la forêt et venait de rentrer pour préparer du thé, en attendant le retour de son mari. Pauvre Ichirō, soupirait la femme. Heureusement, il sera bientôt à la retraite. Ce n'est plus tenable.

À peine était-elle assise sur un coussin, face au panorama, dans le salon ouvert, que le téléphone sonna.

– Famille Tanabe, j'écoute... Comment ?... Oui, c'est ça... Que... Ah... Dans ce cas... Mon mari ? Il rentre vers dix-huit heures... C'est ça... Demain ?... Oui, vers cette heure-là. J'espère seulement que ce n'est pas une fausse piste... Vous savez, nous avons tant… Oui, oui. Vous pouvez me redonner votre nom ?

Le lendemain, le temps ne passa pas assez vite à son goût. En début d'après-midi, elle avait une de ces réunions religieuses qui dissipaient son humeur saturnienne et la rassérénaient pour un temps. Cette piqûre de rappel hebdomadaire l'avait aidée passablement, dans les périodes les plus noires, et elle aurait aimé que son mari, lui aussi… Mais ils n'étaient décidément pas faits du même bois, elle et lui. Les membres de ce cercle lui plaisaient… Ils étaient tous d'Ōtsu. Elle aimait les habitants de cette ville, spontanés, moins guindés que ceux de Kyōto, pourtant si proches.

En attendant le retour de son mari et la visite de l'homme du téléphone, Mme Tanabe fit un peu de ménage, bien que tout fût déjà propre et en ordre.

Ichiro revint à l'heure. Ensuite, elle guetta les bruits de moteur dans la grande côte de la forêt et, quand elle entendit le gravier crisser sous les pneus, elle se précipita dehors.

– Veuillez entrer. Nous vous attendions.
– Je ne veux pas vous déranger longtemps.
– Vous ne nous dérangez pas, même longtemps.

Le visiteur s'inclina devant le mari, qui arrivait du fond du salon, et, une fois déchaussé, il pénétra à l'intérieur de la demeure. Ses hôtes étaient silencieux. Hideaki Minamoto eut peur d'avoir fait fausse route et de les décevoir.

Avant de quitter Tōkyō, il avait pu consulter la liste des personnes dont la disparition avait été signalée dans les années qui l'intéressaient. En commençant par 1976, il avait descendu le cours du temps tout en prenant des notes. Figuraient là les noms et les prénoms, l'âge et le dernier lieu de résidence de ceux qui, aujourd'hui, probablement, n'étaient que des ombres. Seuls l'intéressaient ceux qui s'étaient volatilisés sur le littoral de la mer du Japon, ce qui restreignait le champ d'investigation, et ceux qui, alors, étaient adolescents ou à peine adultes, ce qui le limitait plus encore. Bien sûr, des cas de fugue n'étaient pas à exclure, et, lorsque la personne avait été retrouvée, morte ou vive, le dossier le spécifiait. Il avait relevé plusieurs Masako, Naoko, Noriko. Au cours des semaines suivantes, il avait pris contact avec leurs familles, par téléphone. Dans certains cas, il les avait rencontrées. À deux reprises, on lui avait avoué que la disparue avait fini par écrire en demandant à ses parents de ne pas la rechercher et en les rassurant. Je vais bien. Et les parents, honteux, n'en avaient informé ni la police ni le voisinage.

C'est ainsi que, un jour, Hideaki Minamoto avait téléphoné aux époux Tanabe, dont la fille Naoko avait disparu à l'âge de treize ans. Il avait repensé à ce que l'agent secret lui avait dit : une espionne, formée par une jeune Japonaise, sans doute encore adolescente – vingt ans maximum –, qui avait confié à celle-ci s'appeler quelque chose comme Naoko ou Masako. Le profil pouvait correspondre. Les services secrets avaient-ils exploré cette piste ? Quelque chose lui disait qu'ils n'avaient pas même tenté. Visiblement, pour une fois, ils n'avaient guère envie d'en savoir long.

Tout cela, il l'expliqua lentement aux époux Tanabe, dont il n'avait pas été facile de retrouver la trace. À Niigata, les nouveaux propriétaires de leur maison ignoraient où ils vivaient désormais. Leur déménagement remontait à plusieurs années,

– huit ans, précisa la mère. Depuis la disparition de Naoko, je vomissais cette ville. Je ne pouvais plus passer par la rue où elle s'était volatilisée, près de chez nous. Je ne pouvais plus supporter cette maison. Sa chambre vide, ses vêtements dans la penderie, toujours les mêmes, comme si elle avait cessé de grandir. Le téléphone qui ne sonnait jamais pour ce qu'on attendait. La mer qui ne rendait aucun corps. Je finissais par devenir folle, là-bas.

– Nous avons tenu bon pendant plusieurs années, enchaîna le père quand la voix de sa femme se brisa. Nous avions espoir qu'elle revienne. Nous voulions y croire. Je suis même allé la chercher du côté de San'ya[1], parce qu'on dit que pas mal d'évaporés y trouvent refuge et y vivent de petits boulots. Nous nous étions persuadés que Naoko nous avait pris en grippe et avait décidé de vivre sa vie de son côté, malgré son jeune âge. J'ai déambulé pendant des heures à sa recherche dans San'ya, montrant sa photo à des inconnus, dans les bars, ou à des commerçants, à des patrons de salles de *pachinko*, dans toutes sortes d'établissements où elle aurait pu mettre les pieds, mais rien.

– La Corée, murmura la mère, qui semblait revenir de très loin. Si je m'étais attendue à ça... Tu vois, Ichirō : j'ai toujours su que Naoko était en vie.

Elle sourit et laissa couler quelques larmes en même temps, comme une ondée percée par le soleil engendre un arc-en-ciel.

– À l'origine de mes déductions, reprit le journaliste, il y a un autre disparu, un archéologue du nom de Shigeru Hayashi, dont la trace se perd quelques mois

---

1. Quartier défavorisé de Tōkyō.

après celle de votre fille. Volatilisé de la même façon, alors qu'il marchait près de la côte, seul, dans le nord du Tōhoku. Je vous ai demandé au téléphone si vous aviez un magnétoscope, parce que cet homme fait une apparition dans un film tourné en Corée du Nord...

– Que ferait Naoko là-bas ? Pourquoi elle ?

– Quand je vous ai recherchés en vain à Niigata, j'ai fait un détour par les archives de la capitainerie du port... Quelques heures après la disparition de votre fille, un ferry appareillait à destination de Wŏnsan en Corée du Nord.

Ce car-ferry... Un dimanche, alors que Naoko et son frère étaient tout petits, leurs parents les avaient emmenés du côté des bassins du port pour leur montrer les « grands bateaux », parce qu'ils aimaient tous les deux la mer et rêvaient de faire une longue traversée, un jour. Ils avaient vu un navire contourner une jetée et entrer, avec des caractères coréens et un drapeau qui faisait froid dans le dos. La mère s'en souvenait très bien. Elle n'avait pas voulu dire à Naoko d'où venait le ferry.

– J'aimerais que nous regardions un passage du film, reprit le visiteur. Vous constaterez que l'homme en question n'avait rien à faire là-bas non plus. Et pourtant il y est.

La vidéocassette glissa dans le réceptacle. L'appareil passa en mode lecture et Hideaki Minamoto fit défiler la bande jusqu'à une certaine scène. Ce ne sera pas long. Je veux que vous voyiez ce Japonais.

Dans la scène, un homme s'apprête à sortir d'un appartement. Il vient d'enfiler un imperméable et de vérifier que le répondeur téléphonique était en marche, il empoigne son sac et ouvre de l'autre main la porte quand soudain retentit la sonnerie du téléphone. À cet instant-là, la mère de Naoko Tanabe poussa un cri et demanda au journaliste de retourner en arrière. Elle avait pris son mari par le bras. Arrêtez là, s'il vous plaît ! Ce que le journaliste fit. Le sac, Ichirō, regarde. Naoko avait le même pour ses cours de badminton.

Le mont Fuji blanc sur fond noir. Ce sac, bien sûr, n'avait pas été fabriqué à un seul exemplaire, mais la coïncidence était troublante. Dans ce pays où l'on ne commercialisait aucun produit japonais, un sac de la même marque... Le nom de Naoko avait été effacé à coups d'éponge et on remarquait qu'à cet endroit la couleur noire avait pâli, continuait la mère tandis que le père la regardait en opinant.

Ce jour-là, seulement, Hideaki Minamoto eut la certitude que la femme qui avait donné des cours à une espionne, de l'autre côté de la mer, était bien la fille du vieux couple. Après des semaines de recherches délicates, il savourait sa victoire. Il savait maintenant ce qu'il dirait à ses jeunes collègues le jour où il partirait à la retraite et aurait à faire un discours : N'hésitez jamais à écrire qu'un ravisseur utilise des formules trop courtoises à l'adresse de ses victimes. N'hésitez jamais à écrire ce qui vous semble le plus incongru. Ce que votre intuition pressent mais que la raison délaisse.

*

De retour à sa rédaction, le journaliste connut un petit accès de frilosité. Il hésita. Fallait-il en parler ? Ou taire ce qu'il avait appris, suivant les recommandations des services secrets ? Sa hiérarchie, trop contente de tenir un sujet de choix, le pressait d'en tirer un long papier. Nous serons les premiers.

Il faut sortir cette histoire, il ne faut pas la sortir. Il faut, ne faut pas... Minamoto se traita de tous les noms, en particulier de poule mouillée. Tu ne vis pas sous Staline, on ne va pas te faire disparaître pour si peu. On ne t'inquiétera même pas. L'agent d'Atami n'a pas été menaçant un seul instant. Il a juste tenté de te dissuader. Et après. Ils savent mais se taisent. C'est leur problème, pas le tien. Sans doute savent-ils eux aussi qui sont les parents de cette Naoko, même s'ils font mine de l'ignorer. Un État a ses raisons, qui n'ont rien à voir avec celles du tout-venant.

Hideaki Minamoto finit par se convaincre qu'il avait tout à gagner à publier son enquête. Elle parut en trois volets et fit grand bruit.

Pour la mère de Naoko Tanabe, une nouvelle vie avait commencé à l'instant où le journaliste avait arrêté le défilement d'une vidéocassette sur un sac de sport. À plusieurs reprises, des chaînes de télévision l'interviewèrent. Chaque fois, son mari se tenait à son côté, l'air bonasse et approbateur, souriant mais le plus souvent taiseux. La mère était volubile, au bord des larmes. Elle ne refusait jamais les sollicitations de la presse. C'était pour leur fille. Remuer ciel et terre, déplacer des montagnes lui paraissaient choses normales. Elle ne connaissait aucune limite. La timidité dont elle avait souffert dans sa vie n'était plus qu'un lointain souvenir. Sa fille était en vie, elle en avait la certitude biologique.

Les proches de l'archéologue se mobilisèrent eux aussi. Et ceux d'autres disparus se manifestèrent et les rejoignirent. On ne comptait pas les personnes volatilisées un beau jour sur la côte, dans ces années 1977, 78, 79, comme si, de l'autre côté de la mer, quelqu'un avait décrété une moisson d'otages. Des dizaines. La mère de Naoko Tanabe animait des réunions publiques, des manifestations de sensibilisation. Dans la rue, devant le siège de certains ministères, un porte-voix à la main. Elle battait le pavé, parcourait le pays. La presse s'exaspérait du silence des autorités, prenait fait et cause pour les familles des volatilisés et exigeait que lumière fût faite. Elle rappelait l'État à ses devoirs. On surnommait Mme Tanabe « la pasionaria des fantômes ».

Lorsqu'elle vivait encore à Niigata, la mère se rendait fréquemment sur la grève. Assise, elle implorait l'esprit des flots pour qu'il restitue Naoko. Jamais elle n'aurait pensé que le secret se cachait dans cette direction, mais très loin : derrière la crinière des rouleaux et derrière ce large glacis maritime, de part et d'autre duquel deux planètes s'ignoraient. Un jour, espérait-elle en convoquant les paraboles d'un christianisme qu'elle fréquentait depuis l'évaporation de sa fille, les flots de cette mer finiraient par s'apaiser et refluer. Naoko marcherait vers elle, à moins que ce ne soit sa mère qui aille à elle. Vingt ans, se dit-elle. Vingt ans depuis ce soir de novembre. Aujourd'hui, elle doit avoir trente-trois ans. Si je la croisais dans la rue, je ne serais pas sûre de la reconnaître.

Parce que les médias s'entichaient des parents des volatilisés et des volatilisés eux-mêmes, parce qu'une certaine frange de l'échiquier politique menaçait de récupérer l'affaire en tonnant contre les « sales Coréens », parce que la mère de Naoko Tanabe savait émouvoir et retourner des salles en faveur des absents, parce qu'elle faisait signer des pétitions à n'en plus finir, parce que les manifestations commençaient à faire désordre et, aussi, parce que, porte-voix à la main, tous ces orateurs en colère laissaient entendre que le gouvernement n'agissait pas, un ministre finit par recevoir les familles des disparus et les écouta longuement. Il avait vu récemment ses attributions élargies : il était devenu *aussi* ministre délégué aux Disparus. L'État agit bel et bien mais ne le crie pas sur les toits, croyez-moi, assura-t-il. Et plus nous intervenons en douceur et en coulisse, plus les chances d'aboutir sont grandes. Patience. Nous ne devons pas *les* braquer en réveillant les démons de la « guerre de quinze ans »… Ayez confiance en nous et, surtout, ne faites pas trop de bruit, cela pourrait se retourner contre nous.

La délégation ressortit silencieuse, comme assommée par un puissant narcotique, incapable encore d'envisager la possibilité, trouble et incroyable, que son propre État ne soit pas à ses côtés. Rentrée chez elle en fin de soirée, la mère de Naoko Tanabe repensa aux tentatives de certains pour dissuader le journaliste de prendre la plume. Il avait tenu bon, lui. Alors elle devait tenir bon aussi. Elle visionna avec son mari la vidéocassette dont il leur avait laissé une copie et ils passèrent et repassèrent l'épisode où l'archéologue tenait le sac, le regardant comme si leurs yeux allaient finir par voir réapparaître le nom de leur fille inscrit au marqueur blanc sur le nylon noir.

*

Retour à Ithaque

Dans les jours qui suivirent sa mise en orbite, le satellite envoya soir après soir une image si curieuse que, les premiers temps, certains subodorèrent un dysfonctionnement d'un appareil. Sur cette image, la péninsule présentait une moitié australe criblée d'étoiles tandis que, au septentrion d'une ligne tracée à la règle, régnait une obscurité pour ainsi dire complète, à peine atténuée par un halo à l'emplacement de la capitale du Nord. Soir après soir, c'était pareil, à croire qu'une moitié tirait des feux d'artifice et allumait des feux de Bengale quand l'autre végétait tous feux éteints, en catimini, par peur de bombardements.

Rien mieux que cette tache sombre n'illustrait le voile de mystère sous lequel vivait le pays du Nord, songeaient les agents de renseignement en caressant leur menton d'une main dubitative. Et ils soupiraient.

Si un télescope embarqué à bord d'une station orbitale avait fait la mise au point sur cette parcelle du monde d'en bas, en plein jour, il aurait distingué les rues enneigées d'une banlieue de la capitale, prolongées à travers les monts noirs par des chaussées blanches, rectilignes, comme des coups de fouet sur le manteau de conifères.

À quelques mètres d'une route sans éclairage, une famille se préparait pour le dîner dans une maison traditionnelle qui devait avoir pas loin d'un siècle, ce qui n'était pas monnaie courante dans une région durement fouaillée par une guerre moins lointaine. Une tranchée ouverte dans la neige tombée en abondance au début de l'hiver menait à la porte, flanquée d'une fenêtre sans rideaux, si bien que, à travers, il était possible de voir, près de l'entrée, des étagères où étaient entreposées les chaussures. Sur la plus haute reposait un sac avachi, qui avait passablement servi, sac noir avec un mont Fuji sur le flanc ; sans doute l'emportait-on pour aller cueillir des fruits sur les arbres des environs ou pour des courses au centre de la ville. Les mains qui en tenaient les sangles pendant ces sorties étaient affairées plus loin, ce soir-là, à la table où le repas était servi.

Autour de cette table étaient assis Jim Selkirk, sa femme Setsuko Okada et leurs deux enfants, qui étaient grands maintenant. C'est que le temps avait passé : au mur, un de ces éphémérides dont on arrache une feuille chaque jour affichait la date d'un vendredi de février, et pour ce qui était de l'année, on était en 2002. Tiens, pensa Jim Selkirk quand ses yeux tombèrent dessus. À quelques jours près, cela fait trente-six ans que je suis de ce côté de la frontière.

Trente-six ! Il n'avait pas imaginé un instant vers quel étrange avenir il marchait quand il avait parcouru trois petits kilomètres au cours d'une nuit glaciale de 1966. Depuis lors, les membres de sa famille américaine avaient toujours leurs visages de l'époque ; sa mémoire était incapable de les vieillir. Ce n'était pas qu'il pensait à eux souvent, de toute façon. Ils relevaient d'une existence révolue. Il ne les reverrait jamais. Il ne sortirait plus d'ici. Après tout, c'était ici qu'il avait connu sa femme et avait eu des enfants…

Chaque soir, après le dîner, Jim Selkirk consultait nerveusement l'heure à la pendule, sous les portraits. Il ne voulait pas rater les informations sur le poste à ondes courtes qu'on lui avait remis afin qu'il capte les journaux parlés et traduise ce qui traitait de la Corée. Voilà longtemps qu'on ne lui demandait plus de le faire… Par chance, on ne lui avait pas retiré le poste.

Comme chaque soir, il se leva de table quand la grande aiguille approcha du chiffre douze, alla s'enfermer dans la chambre parentale où l'attendait le transistor, ferma la porte derrière lui pour bien entendre sans importuner les siens, après quoi il chercha la fréquence de Radio Free Asia. La réception était plutôt bonne. D'ordinaire, les mots semblaient pris à partie dans les perturbations de la haute atmosphère et certains d'entre eux n'atteignaient pas leur destination. Mais, ce soir-là, tous y parvenaient, et Jim Selkirk se saisit soudain d'un crayon. Il prit des notes. Incapable de réfléchir, il ne mesurait pas la portée de ce qu'il entendait. Quand le bulletin d'information fut terminé, il ne se leva pas tout de suite. Avait-il bien compris ? Il relisait ce qu'il avait consigné. Cinq minutes s'écoulèrent avant que sa femme n'ouvre la porte, inquiète de ne plus entendre le poste et de ne pas le voir reparaître, mais qu'y a-t-il, Jim ? Qu'est-ce qui se passe ?

– Le Premier ministre japonais était ici aujourd'hui, en visite.

– Je sais. C'était prévu, non ?

– Oui. Mais avant qu'il ne reparte, contre toute attente, les Coréens lui ont remis une liste de Japonais qu'ils reconnaissent avoir enlevés. Ils ont même présenté des excuses. Et puis, ces Japonais vont être autorisés à rendre visite à leurs proches.

– Au Japon ?
– Oui.
– Oh non…

Setsuko s'assit précipitamment. Ses jambes ne la portaient plus.

– Ils ont parlé de treize Japonais kidnappés. Ils n'ont pas donné de noms. Seulement cinq encore en vie, disent-ils. Il faut qu'on réécoute.

– Mais pourquoi ? Je veux dire : pourquoi font-ils ça maintenant ?

Elle avait une voix tremblante.

Jim Selkirk hésita avant de tenter une explication. Les Américains viennent de les planter… Ils ont coupé leur aide. Ils disent qu'ils appartiennent à l'« axe du mal ». Or les Coréens ont besoin d'une aide d'urgence, sans quoi tout risque de s'effondrer vite, ici… Alors ils se tournent vers qui ils peuvent, puisque les Russes ne les soutiennent plus. Et ce sont les Japs. Ils monnayent chaque tête de pipe retenue en otage… Mais ça, la radio ne va pas te le dire.

Moins d'une heure plus tard, ils écoutaient la NHK. Cette fois, ce fut la femme qui prit des notes. Oui, treize, avaient concédé les autorités du Nord, avant de donner un bilan macabre : huit étaient décédés depuis leur enlèvement, dans des accidents de la circulation ou dus au gaz, ou à cause de problèmes de santé.

Ce soir-là, le journal télévisé nord-coréen commença avec un retard dérisoire, quelques dizaines de secondes, mais l'impatience aidant, le couple crut que le présentateur n'apparaîtrait pas. Il prenait tout son temps, comme pour solenniser son ton déclamatoire.

C'était une victoire de plus : le chef du Japon venait enfin de reconnaître à leur juste valeur les dirigeants du Nord en les honorant d'une visite, et le Nord plein de mansuétude admettait que certains Japonais vivaient ici. Pour améliorer la confiance mutuelle, il acceptait même qu'ils effectuent une visite au pays de leurs origines.

Jim Selkirk et sa femme se regardèrent sans rien dire.

Ce fut une nuit de recherche et d'écoutes en coréen, japonais, anglais. Il fallut attendre le bulletin de vingt-deux heures de la NHK pour que les noms des Japonais en vie soient énumérés. Jim Selkirk ne comprenait pas toujours, mais lorsqu'il entendit OKADA Setsuko, il se tourna vers elle. Elle avait pâli.

– Naoko, murmura-t-elle. Ils n'ont pas cité Naoko.

Tard dans la nuit, la radio japonaise apporta des précisions. Quatre des huit Japonais décédés avaient succombé à des intoxications au monoxyde de carbone. Parmi eux, Shoji Hori et Midori Kimura, enlevés aux environs de Nagashima, dans la préfecture de Kagoshima, un samedi d'août 1978. Un autre, un archéologue du nom de Shigeru Hayashi, disparu le 14 septembre 1979 dans la préfecture d'Aomori, avait péri dans un accident de la circulation. Deux autres étaient morts de maladie. Quant à Naoko Tanabe, précisa la radio au cours du flash de deux heures, elle avait souffert d'une grave dépression et s'était suicidée. Telle était la version des autorités du Nord, qui avaient remis au Premier ministre japonais des photos de la jeune femme à l'âge adulte.

Setsuko encaissa. Elle repensa au jour où elle l'avait vue pour la dernière fois, au magasin en dollars, et pleura. Elle se remémora la période où elles avaient cohabité, peu après leur arrivée. Les souvenirs se bousculaient dans un pitoyable désordre. Sans le soutien de l'adolescente, elle aurait plongé elle-même dans la dépression. Naoko morte, elle voulait à tout prix faire ce voyage au Japon – pour elle, mais aussi au nom de Naoko. Pour retrouver, là-bas, ses parents à elle et leur parler de leur fille. Avec des phrases entrecoupées de silences, elle le dit à son mari dans le noir.

– Nous allons partir. Moi d'abord, avec les enfants s'ils l'acceptent. Puis toi, dès que possible. Ils ne peuvent pas nous séparer, pas après nous avoir mariés. Nous te sortirons de là.

Elle avait compris que la formule – « visite au pays de leurs origines » – était employée pour éviter de perdre la face. Nul ne reviendrait de ces « visites ».

Un peu plus tard dans la nuit, les larmes de Setsuko s'espacent. Elles s'attardent sur ses joues, où elles ont le temps de sécher maintenant. Ce sont des larmes amères comme aucune autre, et parfois un filet de joie se faufile entre elles. Revoir le Japon ! Une sensation de malaise innerve ce commencement de joie. Comment ferai-je pour leur expliquer, là-bas au Japon, la vie que j'ai menée ici tout ce temps, se dit-elle. Oui, comment comprendront-ils ? Ils ne comprendront pas. Ceux qui nous attendent préféreraient sans doute que nous revenions décharnés, dans la tenue rayée des survivants des camps, marchant comme des automates... Mais voilà, ils nous ont bien nourris, ici, ils nous ont même mariés, Jim et moi, ils ne nous ont pas fait de mal ; nous étions un peu leur trophée de chasse, qui plus est utiles ; nous n'étions pas seulement décoratifs... Jim a tourné dans leurs films et leur a appris son anglais, et moi, eh bien, j'ai été la femme de Jim. Nous avions accès au magasin en dollars et vivions dans une maison plutôt coquette. Comment expliquer, au retour, que nous n'avons pas été malheureux tout le temps ?

Ils se couchent à l'aube, parce que les radios ne disent plus rien qu'ils ne sachent déjà. Le moteur du premier autocar ne tardera pas à ronfler dans la côte. Ses roues patineront et cracheront de petites salves de neige sale. Ils s'étendent par habitude, sachant que le sommeil ne viendra pas, et que, s'il vient, il sera crénelé de songes où apparaîtront des parents lointains. De son côté du lit, Jim Selkirk comprend que la situation lui échappera bientôt. Alors son esprit prend peur, toutes vannes ouvertes à l'angoisse, comme lorsque, des années plus tôt, il a admis qu'on ne le livrerait jamais aux Soviétiques et qu'il resterait bloqué là jusqu'à la fin de ses jours. Les informations de la nuit n'annoncent pas sa libération. Il risque de se retrouver seul, un temps. Un temps ? Et les enfants ? Setsuko en est persuadée, ils seront autorisés à l'accompagner.

Pour l'heure, ils n'ont pas envisagé les conséquences. À peine si, dans la pièce obscure où brillait seule la lampe du poste, ils ont échangé un regard tout le temps qu'ils ont écouté les stations étrangères. Sans doute chacun souhaite-t-il consulter sa propre conscience avant de parler à l'autre. Car les mots risquent désormais de devenir des matériaux d'un maniement dangereux. Il conviendra de prendre des précautions pour qu'ils n'infligent pas de blessure à cet autre qu'on aime tant. Pour que l'autre ne se braque ni ne panique.

Ils essaient de s'endormir, main dans la main comme à leur habitude. Dans leur sommeil, les mots qu'ils n'arrivent pas à prononcer glisseront peut-être d'un corps à l'autre, de sorte qu'en s'éveillant chacun verra clair dans les pensées de son voisin. Jim Selkirk aimerait lire dans celles de sa femme. Or elle ne pense pas. Elle est toute à sa stupeur. Celle qui a vécu maintenant plus de temps en Corée qu'au Japon vient de se rendre compte que la couche de glace du présent, sur laquelle elle se déplace depuis longtemps, est plus fine qu'il n'y paraît. Au-dessous, elle entrevoit des silhouettes qui s'élèvent vers elle, jusqu'à craqueler la pellicule.

Ainsi Setsuko Okada revoit-elle par gerbes des images du passé. Sa mère. L'île. L'après-midi d'août où, près du pont, on les a bâillonnées. Son père. Et le jeune homme qu'elle aimait alors sans savoir si la réciproque était vraie.

De l'autre côté de la cloison, les enfants dorment. On ne leur a rien dit. Ils ont vu leurs parents préoccupés, retirés dans leur chambre, à l'écoute du bourdonnement du monde. Ils n'ont posé aucune question au moment de leur souhaiter bonne nuit. Et ce n'est que maintenant qu'elle repense à eux. Comment réagiront-ils, eux, nés ici ?

Cette nuit, Setsuko Okada devrait être heureuse. Elle ne l'est pas. La vive émotion initiale a fait place à l'angoisse, ainsi qu'un vent du sud tourne au nord. Oui, les enfants. Eux qui ne parlent que coréen, comment réagiront-ils quand elle annoncera qu'ils vont effectuer une « visite » au Japon ? Que leur père restera seul ? Ce Japon dont ils ont appris dès la petite école que c'était le pire endroit, avec l'Amérique. Que se produira-t-il lorsqu'elle leur présentera un grand-père, une grand-tante, et des cousins incompréhensibles ? Elle regrette de ne pas avoir pu leur apprendre un seul mot de japonais lorsqu'ils étaient petits et d'avoir caché la vérité si longtemps. Voilà deux ans seulement que Eun-ok, l'aînée, sait tout des origines de sa mère. Son frère n'est au courant que depuis le jour de ses quatorze ans. Elle leur a fait jurer de n'en parler à personne. Autant la sœur a écouté avec un intérêt recueilli la divulgation du secret de famille, autant le cadet… Les premiers temps, elle a eu peur qu'il la rejette, la trahisse.

Mère et fille

Elle n'en avait pas cru un mot. Naoko morte ? Mais elle l'aurait su, elle, sa mère, bien avant qu'un message l'en avertisse par le canal officiel ! Les mères ont des moyens de communication avec leurs enfants que les États, si puissants soient-ils, n'ont pas avec leurs ressortissants. Or elle en avait l'intime conviction : sa fille était en vie. On cherchait à la tromper, bien sûr, mais ça ne prendrait pas. Suicidée, par pendaison. Et puis quoi encore... D'ailleurs, les fragments d'ADN que les Coréens avaient transmis aux autorités japonaises ne correspondaient pas. Ils venaient de fournir la preuve qu'ils se contredisaient. Fût-elle réellement morte, ils n'auraient pas eu de mal à le démontrer. Il était facile, maintenant, de botter en touche comme ils cherchaient à le faire : Nous avons subi des inondations dévastatrices, des cimetières ont été emportés par les eaux et nous ne sommes plus sûrs que les restes en notre possession soient bien ceux de telle ou telle personne... Pourquoi ne l'avaient-ils pas dit tout de suite ? Les Coréens allaient persister. Ils estimeraient avoir fait leur part en s'excusant platement pour une poignée d'enlèvements. Étrangement, les certificats de décès qu'ils ont fournis proviennent tous du même hôpital...

La mère de Naoko et les autres parents de victimes avaient tenté d'interpeller les autorités japonaises sur ce point. Ils avaient écrit : *Jugez-vous normal que huit Japonais soient morts dans ce pays à des dates différentes, de causes différentes, mais dans le même centre hospitalier ? Les Coréens se moquent-ils si ouvertement des familles qu'ils aient fourni des faux grossiers, fabriqués probablement le mois précédent, lorsqu'on les a sommés de produire des pièces ?*

La mère ne se décourage pas. Elle le sait, sa vie, confisquée le soir où Naoko a été happée à l'intérieur d'une auto blanche, ne reprendra que lorsqu'on lui rendra sa fille. Pourquoi faire croire que seulement cinq Japonais enlevés sont encore de ce monde ? Pourquoi ces cinq-là et pas Naoko ? L'explication la plus couramment avancée est celle de la monnaie d'échange. Ils ont lâché cinq otages parce qu'ils ont un besoin urgent d'aide économique. Ils gardent les autres pour plus tard. Ils les rendront au compte-gouttes, selon un rythme qu'ils détermineront eux-mêmes. On raconte qu'ils n'en ont pas enlevé treize, mais peut-être des centaines. On dit que des pêcheurs japonais ont été capturés par le Nord et transformés en apprentis espions, à cause de leur connaissance des côtes... Que sait réellement le gouvernement, à Tōkyō ? Que fait-il, en coulisse ?

Fait-il ?

La mère a encadré dans le salon un des portraits transmis par les autorités du Nord : leur fille, à l'âge de vingt-six ans. Quand un inconnu a appuyé sur le déclencheur de l'appareil photo, la jeune femme avait vécu autant de temps sans ses parents et son pays qu'elle en avait passé avec eux. Naoko sourit. Est-il possible d'éprouver de la joie ou de la satisfaction, treize ans après avoir été enlevé ? La mère ne sait que penser. Et si le sourire de sa fille n'était pas feint ? Si elle était réellement heureuse là-bas ? Si seulement Mme Tanabe avait la preuve de son bonheur, elle cesserait peut-être de se battre. Elle contemple souvent le cliché, reconnaissant Naoko sans la reconnaître, attendant que ce visage finisse par trahir ce qu'elle n'a pas encore vu. Elle ne peut s'empêcher de repenser à sa grossesse, à ces mois d'aurore, et revient au sourire dans le cadre. Qui sait ce qui est obligatoire, là-bas ? Lorsque vous êtes tenu de porter arrimé sur le cœur un badge du chef historique souriant, n'avez-vous pas pour devoir de sourire, vous aussi ? Un air grave, triste, n'est-il pas assimilé à un blasphème ?

Suicide, disent-ils là-bas en datant le drame de 2001. À la suite d'une incurable dépression, Naoko se serait supprimée alors qu'elle était la maman d'une fillette de trois ans. Là aussi, se dit Mme Tanabe, ils mentent de façon éhontée. Sa fille ne se serait pas tuée en laissant au monde une enfant si jeune. Qui est le père ? Qu'ont-ils donc à cacher ainsi Naoko, en la donnant pour morte ? Faut-il qu'elle ait un rôle important à jouer là-bas ! Mais lequel ? Un transfuge des services secrets du Nord aurait affirmé qu'elle est en vie, ou qu'elle l'était encore avant sa fuite ; qu'on la dit officiellement morte parce qu'elle serait la maîtresse d'un très haut personnage. La mère ne sait que croire, que penser. Son cerveau n'est plus qu'une salle de torture d'où s'écoule une douleur aiguë. Et le pire, c'est que cette douleur ne sert à rien ; pareille à un cochon d'Inde qui trotte et trotte à l'intérieur de sa roue qui tourne et tourne dans une cage.

*

L'étudiante de la station Jonsung

Quel bruit l'a réveillée ? Tout paraît si paisible à ce moment de la nuit : la demeure, son petit parc, et jusqu'à la rue, si animée de jour. Maintenant, on entendrait un chat la traverser.

Lorsqu'on l'avait chargée de détruire l'avion en vol, son sommeil, naguère si régulier et si profond, s'était brutalement déréglé. De sept ou huit heures, elle n'avait plus dormi que trois ou quatre, et encore ces heures étaient-elles entrecoupées de violents orages, dont elle émergeait en poussant des hurlements.

La villa qu'on lui a allouée à Séoul, dans le quartier de Seongbuk, ressemble singulièrement à l'ambassade factice où elle s'était introduite une autre nuit, longtemps plus tôt, pour prouver à ses maîtres qu'elle ferait une parfaite espionne. À croire qu'au Nord on avait pris modèle sur cette villa spacieuse, réservée aux hôtes du gouvernement sud-coréen... La voici devenue l'hôte d'un pays dont elle a massacré les citoyens, parce qu'elle s'est repentie, parce qu'elle a coopéré.

Cette parenté architecturale, loin de la rassurer, est certainement pour quelque chose dans l'aggravation de ses insomnies, mais aussi dans son état de malaise quand la lumière du jour finissant rétrécit dans les pièces, où deux gardes du corps assurent sa protection.

Au crépuscule, alors, il arrive que Sae-jin connaisse des bouffées d'angoisse intense qui la laissent comme vide, éteinte. Elle se convainc que dans la fausse ambassade, loin d'ici, on forme quelqu'un à s'introduire dans cette villa, non pour y dérober des documents dans un coffre-fort mais pour l'abattre, elle, Chai Sae-jin.

Quel quartier paisible, pourtant, Seongbuk ! Des villas de grands patrons, des résidences d'acteurs ou de producteurs de cinéma, et, entre les niches de la jet-set, un temple, un restaurant, des arbres, tout ça au pied des monts couverts de bois d'où l'on voit Séoul à perte de vue.

Côté jardin règne une nuit de poix. Sae-jin se souvient maintenant. Ce n'est pas un bruit qui l'a réveillée mais toujours le même rêve, à la frontière du cauchemar, dont elle ne s'extirpe pas sans traverser un sas d'anxiété. Ce rêve récurrent est apparu le jour où le Nord a tout nié – quand était-ce ? Deux semaines environ après son arrestation... Elle s'attendait à un démenti, mais pas à cette mise en scène digne d'un conte fantastique. Les autorités du Nord avaient organisé une conférence de presse télévisée pour rejeter toute responsabilité dans la destruction de l'avion, « preuve à l'appui ». Et la preuve du grand mensonge du Sud était entrée dans le champ de la caméra... Sae-jin, en détention au Sud, s'était vue à l'écran, au Nord, avançant vers le micro, déclarant être la véritable Sae-jin et assurant que la femme arrêtée à Berlin était une imposture. L'apparition avait produit ses papiers d'identité devant les journalistes et avait dit être fonctionnaire. Non, Sae-jin n'avait pas la berlue ; c'était bien elle-même qu'elle voyait. Cet hologramme se rengorgeait, du ton théâtral qu'on prend au Nord pour vilipender l'étranger, affirmant qu'il était la vraie Chai Sae-jin et que Séoul avait ourdi une machination diabolique, habillé un sosie pour salir la réputation du Nord ! L'hologramme s'était plié de bonne grâce aux questions de deux journalistes. Elle n'a pas la même voix que moi, s'était rassurée Sae-jin, qui ne parvenait pas à maîtriser son tremblement. Ils sont très forts, avait reconnu l'officier des renseignements assis à son côté. Ne vous en faites pas. Ils n'en sont pas à leur coup d'essai. Ils ne veulent pas perdre la face. Voilà pourquoi ils ont mis deux semaines à démentir. Ils ont fouillé le pays de fond en comble pour dénicher une fille qui pourrait être votre sœur jumelle, pour l'attifer et l'habiller à votre façon et lui faire apprendre son texte par cœur. Cela fait partie du jeu. Nous, nous savons qui vous êtes et d'où vous venez...

Qu'avaient bien pu penser ses parents en découvrant cette pantomime ? Que savaient-ils de ce qu'elle était devenue ?

Quel sort leur avait-on réservé ?

L'image de la femme s'avançant vers le micro et déclamant son identité réapparaissait dans chacun de ses cauchemars. Sae-jin finissait par voir dans ce double le signe que les autorités du Nord la laisseraient en vie ; mais cette pensée s'éteignait aussi vite qu'une étoile filante. À d'autres moments, elle se persuadait que des tueurs étaient en route pour l'abattre, de sorte qu'il ne resterait d'elle que sa copie. Ayant engendré une réplique, le Nord devait effacer l'original. Et Sae-jin le souhaitait, parfois, convaincue que c'était la seule solution pour dissiper ses tourments. Elle méritait la balle. Elle n'avait pas réussi sa mission jusqu'au bout car elle aurait dû être terrassée par la pilule. Si le poison ne s'était pas répandu convenablement dans son organisme, c'était sa faute : son corps n'aurait pas dû opposer autant de résistance. Et puis, si ce n'était pas un agent du Nord qui la prenait pour cible, ce serait un groupuscule d'extrême droite. Au total, cela faisait du monde qui ne voulait plus d'elle.

Son sommeil fut de courte durée. Lorsqu'elle rouvrit les yeux, un peu de jour pénétrait dans la pièce. Ce ne sera pas pour cette nuit, songea-t-elle. Dommage. Quand on dort, on doit ne se rendre compte de rien. On passe la frontière en douce et on se retrouve de l'autre côté, loin de son corps et des tourments.

Sae-jin repensait aux interrogatoires, aux questions sur Young-ha et sur elle-même. Elle se remémorait son procès, son indifférence quand sa condamnation à mort avait été prononcée. Après tout, elle avait déjà entraîné dans l'au-delà les cent vingt-deux occupants du vol de la Korean Air. Qu'était-elle de plus que ses victimes ? Non, sur le coup, elle n'avait pas ressenti grand-chose. On lui avait répété si souvent, au Nord, qu'on la tuerait si elle se faisait prendre en cours de mission... Sur ce point-là, on ne lui avait pas menti.

Après le procès, on l'avait abandonnée à elle-même pendant plusieurs jours. Elle n'était pas enfermée dans n'importe quelle cellule : la sienne avait vue sur la ville et ses lumières. De là, on en captait même la rumeur. Quand ils étaient revenus vers elle et l'avaient interrogée plus avant, laissant entendre que tout n'était peut-être pas fini si elle acceptait de coopérer un peu, elle avait senti un pincement – la douleur qui aurait dû jaillir à l'énoncé de la sentence. Et, du moment que la machine à espérer s'était remise en marche, elle avait éprouvé une douloureuse envie de vivre. Elle avait consenti à coopérer. Si on ne lui avait pas autant menti sur le Sud, sans doute aurait-elle refusé.

Quelque temps plus tard, l'annonce de la grâce présidentielle l'avait assommée. Elle avait eu tôt fait de comprendre que c'était la plus lourde des peines. Elle pesait cent-vingt deux. Cent vingt-deux victimes l'observaient en permanence. Elles l'avaient suivie lorsqu'on l'avait installée avec deux gardes du corps dans cette résidence pour hôtes du gouvernement, dans un quartier verdoyant et huppé où ne passaient guère d'autos. Les cent vingt-deux spectres ne demandaient pas des pleurs ; ils ne demandaient rien. Ils la narguaient avec un sourire en coin, l'air de dire rira bien qui rira le dernier : on va te voir à l'œuvre, maintenant, avec ta pauvre vie.

Sae-jin se leva très tôt pour préparer du thé, mit un disque comme elle avait l'habitude de le faire à cette heure de la journée. Le deuxième mouvement du *Concerto pour piano n° 2* de Chostakovitch la tranquillisait. Il l'introduisait dans un après-monde où culpabilité, pardon, espoir n'avaient plus de sens. Elle acceptait alors de continuer de vivre. Elle acceptait qu'on ait pu faire d'elle, à un moment de son existence, une parfaite machine à tuer. Elle aurait juré que Chostakovitch, avant de composer ce mouvement, avait eu lui aussi sur la conscience l'explosion d'un avion de ligne.

Un mercredi commençait, jour où elle se rendait à la réunion religieuse, escortée par un garde du corps. Dieu avait été inventé pour apaiser des destins comme le sien. Le chauffeur passait en fin de matinée, avançait dans l'allée et klaxonnait deux fois. Le garde du corps sortait le premier et lui ouvrait la portière ; elle s'engouffrait à l'arrière et l'auto aux vitres fumées repartait en empruntant chaque fois un itinéraire différent.

*

Les agents dormants ont le sommeil léger. Le sommeil du pharmacien de garde que l'on peut déranger à toute heure de la nuit. Baek Chung-su, dont le prénom signifie «Excellente et longue vie», était vite devenu insomniaque et s'était dit que, à ce train-là, il ne tiendrait pas longtemps. Les premiers temps, il guettait un ordre de mission. Inoculé comme un virus dans le grand corps de Séoul, il se comparait au cheval de Troie, grâce auquel les huit portes de la ville seraient un jour ouvertes à ceux du Nord. Et puis, les années avaient passé. Tu es devenu le squelette du cheval de Troie, ironisait-il. Il avait fait consciencieusement ce qu'on lui ordonnait : s'intégrer, vivre, travailler en attendant l'hypothétique *jour où*.

L'avait-on à ce point oublié ? Il l'avait craint tout d'abord. Ensuite, progressivement, il avait fini par le souhaiter. Employé de bureau, il avait aussi une épouse. Il faisait bon vivre, au Sud, et l'idée de renouer avec son existence d'antan ne pouvait que l'angoisser.

Le jour où l'agent reçut le signal, le réveil fut brutal. Il craignait le pire : devoir tout abandonner pour une opération qui, dans le meilleur des cas, le ramènerait discrètement au Nord. Or sa femme ignorait tout. Elle le croyait natif de Jeju, tout au sud, et orphelin, comme pas mal d'hommes de sa génération. Baek Chung-su avait toujours ses parents, ou pensait les avoir encore – comment savoir ? Ils étaient au Nord, coupés de lui depuis douze ans, et il se disait souvent que rien ne l'avertirait lorsque l'heure sonnerait pour eux.

Maintenant qu'il attend dans l'aérogare de Gimpo un certain Wang en provenance de Pékin, Baek Chung-su commence à respirer mieux. Si tout se passe comme prévu, on le replongera prochainement dans l'état de léthargie où on l'a trouvé deux mois plus tôt. Son rôle n'aura été que de préparer le terrain à un autre. Oui, il a loué comme on le lui demandait un studio sous un faux nom, oui, il s'est procuré le « matériel » nécessaire ; voilà à quoi il lui a fallu consacrer du temps volé, sans rien dire à son employeur. Sans rien dire non plus à son épouse, mais c'est à ce prix qu'il va continuer sa vie auprès d'elle. Au fond, tout ça ne sera bientôt plus qu'une insomnie passagère dans sa carrière de dormeur. Vite, se rendormir, revivre comme un homme du Sud... Il aimerait effacer ses traces, invoquer un droit à l'oubli. Ne plus jamais être réveillé en sursaut. En attendant, le voici qui brandit un panonceau avec un patronyme chinois : 王. Wang.

Lequel, venant de récupérer sa valise, cherche des yeux son nom, qui n'est pas le sien, parmi une foule hérissée de pancartes dans l'aérogare. M. Wang n'est pas un homme d'affaires chinois et n'est pas chinois, mais il parle couramment le mandarin, aussi bien que son coréen maternel. Sans doute une oreille de connaisseur pourrait-elle déceler chez lui un accent de certaine région du Nord, car il est originaire de Ch'ŏngjin, pas loin de la Russie. Il a du métier et en a vu d'autres. Pourtant, ce soir, bien qu'il n'en soit plus à son coup d'essai au Sud, M. Wang ne se sent pas à l'aise. Non pas qu'il se sente épié, non pas que la mission lui paraisse, techniquement, plus ardue que bien d'autres. C'est autre chose.

L'homme qui ne s'appelle pas Wang est un tireur d'élite qui ne recule pas devant la tâche et, d'ailleurs, ses supérieurs peuvent tout lui demander. Il s'est toujours reposé sur des auxiliaires irréprochables, comme l'agent qui l'accueille maintenant dans le hall des arrivées puis le conduit en voiture à un studio dont les stores sont baissés – mais laissent apercevoir le paysage urbain par de fines raies : une rue calme du centre de Séoul, quatre étages plus bas, puis des résidences auréolées de jardins arborés, percées (on est le soir) de quelques lumières de cuisines ou salons.

– Je vais vous montrer par où filer ensuite, vous trouverez une porte de service qui donne sur une autre rue.

Mais celui que, par commodité, nous continuerons d'appeler M. Wang objecte. La villa d'abord. Il veut que l'autre lui désigne sa cible ; et, ce disant, il tire de sa poche une paire de jumelles est-allemandes qu'il braque dans la direction que l'autre indique. Tout est obscur de ce côté-là de la nuit. Il faudra patienter. C'est bon, montrez-moi la sortie par l'arrière.

Ensuite, voilà M. Wang seul dans ce meublé somme toute assez mal situé, en retrait par rapport à la villa, mais impossible de louer plus près, a déploré Baek Chung-Su avant de le quitter. C'était ça ou rien, et rien, c'était agir à découvert, en pleine rue, s'exposer. Peu importe, pour M. Wang : sur le papier, l'affaire ne présente pas de difficulté majeure. Il a affronté des situations autrement plus complexes, techniquement parlant. Le problème n'est pas là.

Il en a vu d'autres mais n'a encore jamais subi l'épreuve qu'on lui impose. *Ils savent*, en déduit-il par moments. Ils savent et veulent tester ma fidélité, ou bien ils m'acculent à l'erreur : c'est un traquenard. Ils ne savent pas, se persuade-t-il à d'autres moments. Tout cela relève d'un pénible hasard. Quoi qu'il en soit, le dilemme demeure et il n'a pas de réponse.

Au sortir d'une mauvaise nuit, dans une lumière matinale d'une indéniable qualité, M. Wang braque de nouveau ses jumelles Zeiss en direction de la villa. Sous l'effet des verres grossissants, il se retrouve comme à quinze ou vingt mètres des lieux. En temps normal, attendre ne fait pas peur à un prédateur de sa trempe. Mais attendre dans l'inconfort psychique où il se trouve, il ne sait pas faire.

Si seulement il était sûr de lui.

Vers neuf heures, la voici qui apparaît à la fenêtre et M. Wang a tout loisir de détailler ses traits, libérés de la fixité de la photo, la seule qu'on lui ait donnée et sur la foi de laquelle il a nourri ses soupçons. Cela dure quoi, dix secondes ? douze ? Elle se penche vers le jardin puis se redresse et inspire profondément une bouffée d'air glacé avant de refermer la fenêtre.

Plus tard, elle descend l'allée précédée d'un garde du corps et s'engouffre à l'intérieur d'une auto. M. Wang se donne du temps. Il aimerait y voir plus clair. Ce qu'il a aperçu de cette femme n'a fait pencher le fléau de la balance ni d'un côté ni de l'autre.

Le lendemain, Chai Sae-jin ouvre sa fenêtre à peu près à la même heure que la veille et passe un moment à respirer l'air vif. M. Wang l'attendait. La voici en gros plan, et le voici de nouveau aux prises avec la même question : est-ce elle et, si oui, que faire ? Il a beau l'observer, il en reste à ses hésitations, et elle, comme si elle voulait lui permettre de se former un avis ferme et définitif, s'attarde un long moment sans bouger, malgré le froid. M. Wang n'a ni l'assurance ni la placidité qui, à l'ordinaire, lui permettent de taper dans le mille. La lunette de visée de son Zastava M76 tremble, la ligne verticale noire et sa perpendiculaire ont la bougeotte. Servir le Parti. Si ses pairs le voyaient en ce moment... L'image ne cesse de bouger dans la lunette et il a du mal à la stabiliser, bien qu'il soit calé. S'il fait feu, il risque de la manquer, lui qui ne rate jamais une cible. S'il ne la manque pas, M. Wang replacera tranquillement l'arme dans son étui ; puis il descendra promptement l'escalier et s'esquivera par la porte de service en imaginant les félicitations, à son retour au Nord.

Son retour ? Tient-il à prendre le chemin du retour ? Là non plus, il n'est sûr de rien. Il n'y a pas que sa main qui hésite. C'est que, pour la première fois depuis qu'on l'envoie en mission à l'étranger, il peut se poser la question du retour.

Il se donne la nuit pour trancher.

Au cours de la soirée, il aperçoit de nouveau la femme dans une pièce éclairée. Elle va et vient. Dans la lunette de visée, il l'étudie comme une amibe au microscope. Et soudain il la reconnaît formellement, parce qu'elle vient de faire un geste de la tête pour rejeter ses cheveux en arrière, et parce que ce geste, elle l'a fait exactement comme une autre fois, loin dans le temps, et cela ne trompe pas. La certitude qu'il espérait, la voilà.

Il ne ferme pas l'œil de la nuit.

*

Au matin, Chai Sae-jin ouvre sa fenêtre vers la même heure. Elle prend le temps de s'offrir aux lignes verticale et horizontale de la lunette. Tire, mais tire donc ! lui souffle le dieu de la Normalité. Mais non. C'en est bien fini des hésitations. Il range l'arme.

Peu après, il dévale les marches, longe la rue et sonne au portail de la villa, puis il attend. Dans une poignée de secondes, imagine-t-il, un garde du corps se présentera derrière la grille, l'air très méfiant, et, se dit-il, je vais lui déclarer sur un ton propre à vaincre ses craintes :

– Il faut que je voie Chai Sae-jin. C'est très important.

Probablement le garde du corps répliquera-t-il qu'elle ne reçoit pas le tout-venant. Qu'il faut montrer patte blanche, donner des gages. Prendre rendez-vous. À ce moment-là, se figure le faux Wang, j'abattrai mon seul atout.

– Dites-lui que je suis un ami de Ho-nam.

Ce sésame ne m'ouvrira pas tout de suite le portail, relativise-t-il, mais comme cela ne coûte rien, et qu'il veut servir au mieux sa protégée, le garde retournera sur ses pas et disparaîtra à l'intérieur du bâtiment. Un nouveau moment d'attente s'écoulera, d'autant plus long que je joue gros. Et s'il ne reparaît pas, se demande-t-il. Si, au lieu de revoir le garde, je suis cerné par des voitures de police sans avoir pu rencontrer ma « cible » ? Et si, moins théâtralement, ma visite se solde par une fin de non-recevoir obstinée ? Je pourrai toujours griffonner un mot et m'expliquer, se rassure-t-il. Il y aura toujours moyen. Et, au bout du compte, elle finira par me recevoir.

Toute la nuit, il a revu une scène d'un printemps lointain et tenté d'en retrouver les détails. Ho-nam était son seul véritable ami. Depuis qu'ils se sont perdus de vue, il n'en a jamais eu d'autre. Oui, durant la nuit, il est revenu en pensée au soir de printemps où il avait accompagné Ho-nam jusqu'à l'endroit où son ami avait rendez-vous avec une étudiante en langues étrangères. Malgré leur amitié, Ho-nam répugnait à parler de cette relation. Il n'avait évoqué la jeune femme qu'à mots couverts, sans raconter comment ils s'étaient rencontrés, et « M. Wang » n'avait jamais osé poser de questions. Ho-nam ne lui avait même pas révélé son prénom.

L'étudiante était en avance au rendez-vous, à la sortie du métro Jonsung, et Ho-nam la lui avait désignée. Wang avait planté là son ami, pour échapper aux présentations ; il savait Ho-nam trop gêné dans ce genre d'exercice, et puis, quoi dire ? Il avait préféré les laisser à leurs amours. De loin, il avait porté un regard admiratif sur celle qui attendait : charmante, il n'y avait pas à dire. C'est alors que « M. Wang » l'avait vue rejeter ses cheveux en arrière, d'une chiquenaude de la tête, exactement comme la femme dans la lunette de visée.

Comment allait-il s'y prendre avec elle, maintenant, si tant est qu'on le laisse entrer ?

Quelque temps après la rencontre sur la place, Ho-nam avait plongé dans un état de tristesse profonde, proche de la dépression. Il ne s'était confié à M. Wang qu'au bout de plusieurs semaines. Malgré les rendez-vous qu'il lui fixait par lettre, malgré les coups de téléphone chez elle, son amie restait invisible. Elle avait coupé le lien brutalement, sans un mot d'explication, ce qui ne lui ressemblait pas. À l'autre bout du fil, le père ou la mère assurait qu'elle était absente pour le moment.

Les mois avaient passé. Près d'un an et demi. Cédant aux pressions de ses parents, Ho-nam avait épousé une jeune femme dont la famille appartenait à la même caste du *songbun*[1]. Puis, après avoir terminé ses études, il avait été envoyé pour trois ans à l'étran-

---

1. Système de castes sociales existant en Corée du Nord depuis la création de l'État.

ger, à l'ambassade en Tchécoslovaquie, et Wang l'avait perdu de vue.

Car M. Wang, qui se croyait voué lui aussi à la carrière diplomatique, était par la force des choses devenu ce qu'on appelle un agent secret ; puis, d'agent secret, on avait fait de lui un tueur d'élite. Et maintenant, le dénouement approchait. Si, une fois qu'il aurait dit être l'ami de Ho-nam, le garde du corps revenait en annonçant qu'on acceptait de le recevoir, il aurait la confirmation que Chai Sae-jin était l'étudiante de la station de métro Jonsung. Le garde le soumettrait à une fouille, cependant que le second ne le quitterait pas des yeux. Puis on l'introduirait dans une antichambre et c'était là qu'elle apparaîtrait : très certainement suspicieuse, en même temps que curieuse, se disant que ce visiteur, sans doute un transfuge, était peut-être porteur d'un message de Ho-nam. Ho-nam ! Elle le ferait asseoir et lui demanderait qui il était, par rapport à son ancien petit ami. Devrait-il lui dire d'entrée de jeu pourquoi il se trouvait ici, dans ce quartier de Séoul ? Lui montrer la fenêtre de laquelle la mort l'avait guettée ? Il avait décidé que oui. On m'a envoyé vous tuer et je viens d'y renoncer. Vous ne devriez plus être en état de m'écouter et je devrais être sur la route de l'aéroport, avec un faux passeport chinois et la perspective de félicitations. Voici la clé d'un studio dont la fenêtre donne sur votre rue et permet de viser votre jardin. À l'intérieur, une arme prouvera que je ne raconte pas de sornettes.

Oui, pourquoi ne pas abattre ses cartes tout de suite ? S'il avait la moindre hésitation, d'ailleurs, M. Wang ne serait pas là à sonner à sa porte. Oui, il poursuivra ses explications sur le même ton, si bien que Chai Sae-jin sera de plus en plus intriguée.

– Vous appartenez au même service secret que moi dans ma vie précédente… Ceux qui ont été mes chefs vous ont chargé de me supprimer, mais une raison vous en empêche.

– Une raison ? Plusieurs, répondra-t-il un peu solennellement. Il a pesé sa réponse toute la nuit et elle est prête au mot près. Plusieurs raisons, mais je ne m'étendrai pas dessus. Disons que si ma mère n'était pas morte récemment, je vous aurais sans doute tuée, hier, quand vous avez ouvert votre fenêtre.

– Votre mère ?

– C'était la dernière personne qui me rattachait au Nord. Auparavant, je rentrais toujours de mission, parce qu'elle et mon père étaient en vie. Si j'avais trahi, on les aurait expédiés dans les camps. Mon père est mort il y a quatre ans, ma mère voici quelques mois. À vrai dire, je voulais fuir depuis longtemps. Je n'ai jamais voulu devenir un tueur. Un agent qui défendait son pays, oui. Pas un tueur. Il faut que tu mettes un peu les mains dans le cambouis toi aussi, me disaient-ils au début. Et puis, ça a duré. J'accomplissais mes missions avec zèle, pensant que chacune était la dernière. C'était tout le contraire qui se passait. Ils croyaient que j'en réclamais encore. Le jour où ils m'ont montré votre photo, je me suis demandé s'ils ne voulaient pas ma perte.

– Votre perte ?

– Oui, expliquerait-il, heureux qu'elle le relance. J'ai pensé à un piège, car j'ai cru vous reconnaître sur la photo. Je vous avais aperçue de loin, un jour que j'accompagnais Ho-nam à un rendez-vous. Ho-nam était mon meilleur ami. Mon seul véritable ami, en fait. Vous savez combien l'amitié est un bien rare, chez nous. Je pouvais lui parler en confiance, et la réciproque était vraie. Après votre « évaporation », il était effondré. Il ne pouvait pas savoir, bien sûr. Votre entourage ne disait rien, sinon que vous le rappelleriez à votre « retour », et son téléphone ne sonnait jamais. C'est quand ils m'ont montré votre photo et expliqué pourquoi vous étiez une cible à abattre que j'ai commencé à comprendre... Était-ce vraiment vous ? La ressemblance était troublante. J'avais perdu de vue Ho-nam, et, de toute façon, montrer votre photo à qui que ce soit aurait été une trahison de ma part. Ç'aurait été dévoiler l'objet de ma prochaine mission. J'ai eu peur pour moi. Était-ce un hasard ou était-ce un calcul de leur part s'ils me confiaient la tâche de vous éliminer ? Mes séjours à l'étranger ne me laissaient pas indifférent. À mesure que notre Corée s'enfonçait dans les pénuries et la famine et que nous perdions contact avec les réalités, je voyais une Asie dynamique émerger de la misère et faire mentir notre propagande. J'étais déboussolé. On m'avait parlé d'un monde au bord de l'abîme au sein duquel notre Corée faisait figure de havre de paix, or c'était tout le contraire. J'aurais aimé changer de vie, et j'ai cru qu'ils avaient deviné mes pensées. Aujourd'hui, je viens vous prier de me soutenir. Vous avez détruit un avion et pourtant le Sud a accepté de vous gracier. Je viens de vous épargner, au nom de Ho-nam, alors permettez-moi de vous faire une demande. Aidez-moi à votre tour à sauver ma peau et à rester ici.

À ce moment-là, rêve M. Wang, Chai Sae-jin esquissera un sourire et lui fera signe de s'asseoir. Elle préparera un thé et lui demandera quel est son véritable nom, qui ne lui rappellera rien. Peut-être évoqueront-ils les épreuves qu'ils ont endurées à l'École militaire supérieure pour en arriver là, espions au bord de la route, abandonnés par leur foi, traîtres à une patrie qui les a trompés. Ils se remémoreront le passé, le temps où ils ne se posaient pas de questions ; les cours, la formation, tout ce parcours du combattant fondé sur des brimades, cet honneur qui leur était fait de se voir confier un jour des missions délicates. Ils parleront de leurs professeurs et instructeurs et peut-être, dans leur conversation, passera la figure de cette Japonaise timide et très jolie qui a marqué plusieurs promotions d'apprentis espions. Sae-jin se souviendra d'elle. Une jeune femme qui maîtrisait étonnamment bien le coréen et avait même pris l'accent de Pyongyang. Si douce. Des bruits courent sur elle, racontera-t-il en constatant que Sae-jin n'est pas au courant. On l'a fait passer pour morte, mais elle serait la maîtresse d'un dirigeant. Il a fallu pour cela l'enlever une seconde fois, dira-t-il. La couper de sa vie conjugale avec un Coréen du Sud kidnappé une quinzaine d'années plus tôt. Le suicide était un prétexte parfait, mais rien n'est certain, relativisera-t-il, tout reste rumeur.

Parce qu'il saupoudrera la conversation de renseignements de ce genre, Chai Sae-jin comprendra que l'homme en face d'elle en sait long sur bien des choses et serait une prise de choix pour les services du Sud.

M. Wang n'a pas la berlue : les rideaux viennent de bouger. Les rideaux de la pièce principale, qui donnent sur le jardin et sur la rue. On l'observe de l'intérieur. La porte d'entrée va s'ouvrir bel et bien, laisser passer un garde du corps...

Accaparé par les fenêtres de la résidence, il n'a pas fait attention à une auto blanche garée quelques places plus haut et qui, alors que les rideaux bougent toujours, vient de démarrer. Et comment pourrait-il remarquer, dès lors, que l'on baisse une vitre de l'auto ? La petite mort qui va l'atteindre à la gorge a la forme d'une balle qui partira de la voiture dans une fraction de seconde. Balle fabriquée quelques mois plus tôt dans une usine d'armement du côté de Hamhŭng. L'ouvrière qui surveillait le tapis roulant de la chaîne de fabrication, ce jour-là, l'a vu passer parmi des dizaines d'autres, dont aucune ne connaîtra un destin aussi héroïque : sectionner avec soin l'artère carotide d'un agent secret sur le point de commettre une faute professionnelle.

*

Premier épilogue : 2004

– C'est ici, dit Setsuko.
Puis elle reprend, après quelques secondes :
– Non, là plutôt.
Leurs pas les ont conduits jusqu'au fameux pont. Elle désigne les broussailles et l'étroit sentier qui descend vers la berge. Elle lui a si souvent raconté l'épisode qu'il n'a aucun mal à le replacer dans son décor. Les types qui surgissent par-derrière, bâillonnent la mère et la fille, les jettent dans des sacs puis les portent à bord d'un canot à moteur. Au bas du chemin, Jim Selkirk imagine l'embarcation en attente. Les cigales devaient faire exactement le même tintamarre, ce jour d'août fatidique, il y a vingt-six ans, et pourtant ce ne sont plus elles aujourd'hui qui chantent mais leurs descendantes – les arrière-arrière-petits-enfants de celles qui, par leur tintamarre, étouffèrent les gémissements et les coups. Cela ne tient donc qu'à ça, songe Selkirk en se débarrassant de son mégot, que le courant emporte lentement vers l'embouchure. Un canot masqué par les roseaux ; deux gredins ; et le tour est joué, vous entrez dans l'histoire. Alors lui vient l'envie d'éclater de rire, et il le ferait volontiers s'il était seul, mais sa femme est là, à l'endroit où le petit convoi de ses jours a déraillé, lors d'un été

lointain. Et, peut-être parce qu'il la sent au bord des larmes et veut lui redonner l'occasion de sourire, il choisit ce moment pour lui dire ce qu'il a gardé pour lui, depuis trois semaines qu'il l'a retrouvée.

– Je ne t'ai pas raconté ce que j'ai appris quand ils m'ont détenu pendant quelques jours à la base américaine, près de Tōkyō... J'en ai honte et en même temps c'est tellement ridicule que ça m'amuse : mon unité, quand j'étais sur la ligne de démarcation, mon unité sur le point d'être envoyée au Viêt Nam, eh bien elle n'est jamais partie. Elle n'a pas bougé d'un millimètre... Je m'étais fait un mouron de tous les diables pour rien... Pour une rumeur, j'ai fait la malle et passé trente-huit ans chez les rouges... Toi, au moins, tu peux te dire que tu as atterri là-bas contre ta volonté, mais moi... J'ai enduré les brimades de ce salaud de Cardona, j'ai appris pendant des années des pages entières de slogans, reçu des coups de trique et des coups de trique, j'ai eu envie de me flinguer un nombre de fois incalculable... Si on décernait un prix Nobel de la plus magnifique des conneries, j'aurais mes chances, non ? Mais, après tout, sans les types qui t'ont enlevée ici, je ne t'aurais pas rencontrée, alors tout finit bien.

– Tu en aurais rencontré une autre là-bas, si je n'avais pas été enlevée. Ils t'auraient marié de toute façon, comme ils ont fait pour Richard... Moi aussi, j'ai ma part de bêtise qui a coûté cher. J'ai choisi le mauvais itinéraire. Si nous n'étions pas passées par celui-ci, tout ça pour m'acheter une glace, je ne t'aurais pas connu. Si maman n'avait pas disparu, je me dirais que je lui dois une fière chandelle, à cette glace... Crois-tu qu'il existe sur Terre beaucoup d'êtres essentiels dont on ne fera jamais connaissance parce que, à un certain moment, on n'a pas eu envie de manger une glace ?

Elle rit, puis enchaîne : Je suis heureuse d'être revenue ici. Heureuse que tu m'aies enfin rejointe. Au fond, je pourrais remercier mes ravisseurs, et cet endroit pourrait être marqué d'une croix blanche, s'il n'y avait ma mère. Regarde : nous marchions de ce côté. Il faisait chaud. Nous discutions du dîner. Qu'est-ce qui ferait plaisir à ton père, ce soir, m'a-t-elle demandé. Et puis plus rien. Ce sont ses derniers mots.

– Il a eu la chance de te revoir avant de mourir, ton père. Tu as pu partager ses six derniers mois.

– Quand je suis revenue à cet endroit pour la première fois, c'est peut-être idiot mais j'ai demandé silencieusement pardon à ma mère. Le pire était de rentrer saine et sauve, avec les enfants, en ignorant tout de son sort. Cette obstination des Coréens à soutenir qu'ils ne l'ont pas enlevée... Au fond, dans tout ça, elle est la seule perdante. Elle a été « effacée ». Où ? Comment ? C'est le plus insupportable, ne pas savoir. En mer, au large, sans doute. Je ne peux plus regarder la mer. Je ne serai plus jamais vraiment heureuse, Jim, il faudra que tu te fasses à cette idée. Là-bas, loin du Japon, ça pouvait aller. Je gardais un petit espoir. Mais quelques jours après mon retour, tout le poids d'avoir survécu m'est tombé dessus. J'étais libre, j'étais au Japon, mais aussi malheureuse qu'à mon arrivée en Corée. Au moins, les premiers temps, à Pyongyang, j'avais Naoko, c'était inestimable... Tu as vu comme sa fille lui ressemble ? J'ignore pourquoi ils l'ont fait venir à l'aéroport, à notre départ... J'étais bouleversée, ce jour-là. Je pensais à toi, je me demandais quand tu nous rejoindrais.

– Deux ans… Quelques mois de plus et j'aurais fini alcoolique. Ils m'auraient eu à l'usure. Il faut que j'arrête définitivement de boire, maintenant. Surveille-moi. À certaines heures, je ferais n'importe quoi pour un verre. Je crois qu'ils m'ont laissé partir parce que je ne leur servais plus à rien. Ils voulaient juste un prétexte pour ne pas perdre la face. Cette opération aux hanches, en Chine, a été une aubaine. Ce dont j'avais le plus peur, c'étaient des Américains. Je savais qu'ils ne feraient pas de cadeau à un déserteur. À cause de leur Irak et de leur Afghanistan, aujourd'hui. Le gouvernement japonais a fait tout ce qu'il a pu pour moi : la cour martiale n'a été qu'une formalité, comme ils te l'avaient promis. Mais quelle trouille j'avais pendant ce temps, ignorant tout des tractations… Et puis, pendant ces quelques jours d'internement, je n'ai rien bu. Mon esprit s'est éclairci. Je voulais vivre libre pour vous, c'est tout. Je veux survivre à tout ça, on va y arriver. Je veux survivre le plus longtemps possible.

– C'est presque mot pour mot ce que m'a dit mon père quand je suis revenue et qu'il a fait la connaissance des enfants… Ce n'était pas vraiment lui que je retrouvais, mais un homme qui, dans un passé lointain, avait été mon père…

– Tu veux dire que je ne suis plus vraiment le même, moi non plus, après deux ans d'attente ?

– Mais non, ce n'est pas ce que je voulais dire, tu le sais bien…

*

On ignore tout de la destinée d'Ulysse dans les années qui ont suivi son retour à Ithaque ; sans doute Homère ne savait-il pas raconter le quotidien d'un roi dans son palais. Voilà ce qui attend Jim Selkirk : donner une suite à l'*Odyssée.* Ulysse redevient M. Tout-le-monde. Il est enfin le « personne » qu'il disait être au Cyclope.

Le zinzin des cigales couvre le silence du couple comme il a couvert ses paroles un peu plus tôt. Un homme et une femme cheminent vers leur palais de nattes de paille et de cloisons coulissantes. Et les cigales chantent. Chantez, harpies, chœur infernal qui couvrit naguère l'enlèvement de Setsuko Okada et de sa mère ! Chantez, par cette après-midi brûlante d'Ithaque. Chantez, comme vous chanterez longtemps après la fin des hommes !

*

Second épilogue : 2012

En bas coule la Kamo large et peu profonde, torrent de montagne en plaine. Temps à l'orage, ce soir de septembre. Le Tohkasaikan est un restaurant chinois un rien compassé, au sommet d'un édifice de style colonial espagnol avec des pincées de gothique. S'il n'y avait la pluie, certains s'installeraient sur le *yuka*, la terrasse où quelques tables prennent l'eau. L'orage plante ses harpons sur les monts de l'Est, sombres comme des baleines. Sa canonnade intermittente fait vibrer les vitres du cinquième étage. La jeune femme que Noboru Ikeda a invitée à dîner doit avoir trois ou quatre ans de moins que lui, évalue-t-il. Dans les vingt-six, vingt-sept.

Quand un médecin et une infirmière dînent ensemble pour la première fois, ils ne parlent pas travail, ils oublient l'hôpital et leurs collègues. Comme si Kyōto, en contrebas de cette salle à l'atmosphère feutrée, n'existait plus. Comme si Shijō-dōri, avec son flux d'automobiles rincées par l'averse et la lumière des phares, n'était plus qu'un souvenir. Noboru Ikeda pose des questions qu'il n'a encore jamais posées à la divinité assise à sa table, qui esquive en souriant, ou lève un coin du voile. Pourquoi portez-vous un prénom coréen, si votre mère est japonaise et votre père américain ? Amusée par son jeu,

Eun-ok éclate parfois d'un petit rire qui réveille les serveurs en cours de pétrification.

– Je ne suis pas vraiment japonaise et pas non plus américaine. Vous n'y êtes pas du tout. Et je n'ai pas été adoptée non plus. Je suis arrivée au Japon, le pays de ma mère, il y a une dizaine d'années. J'avais alors dix-sept ans. À l'époque, je ne connaissais pas un mot de japonais, mes parents avaient toujours parlé coréen entre eux. Nous continuons d'échanger ainsi entre nous, encore qu'avec ma mère, j'ai pris l'habitude du japonais. Il est étrange d'apprendre soudain, quand vous êtes adolescente, que votre mère n'est pas coréenne et vous a toujours caché sa langue maternelle. À notre arrivée ici, je ne comprenais rien de ce qu'elle disait aux autres. Il est étrange de ne rien comprendre de sa langue « maternelle ».

– Elle vous avait caché ça tout ce temps ?

Eun-ok tire de son portefeuille une photo noir et blanc, passablement jaunie, qu'elle lui tend : deux adultes en tenue de bain et un bébé, sur une plage.

– C'est où ? Au bord de la mer ?

– Non. L'accès à la mer nous était formellement interdit. C'est une petite plage réservée aux étrangers, au bord d'un lac... En fait, Noboru, j'ai passé les dix-sept premières années de ma vie en Corée du Nord... Voilà : vous connaissez mon secret. Je n'en tire aucune espèce de gloire, au contraire. Je préfère le cacher. Cela demande tellement d'explications... Le bébé sur la photo, c'est moi, et la femme qui se penche sur lui, c'est ma mère, et l'homme qui fume, mon père américain. Tout le monde a l'air heureux, non ? Détendu. La femme, à l'arrière-plan, c'est une Philippine ; elle avait été kidnappée et envoyée de force en Corée du Nord... Comme ma mère, née à Sadogashima, enlevée par hasard, en 78. Quant à mon père, c'est encore une autre histoire... À mon arrivée au Japon, tout m'a paru terriblement difficile. Comme si un informaticien avait effacé les données emmagasinées en moi depuis ma fabrication ou les avait rendues inutilisables. Les années que j'avais vécues étaient devenues obsolètes. Je vous jure que je n'exagère pas.

Elle sourit, mesure son petit effet.

La pluie crépite sur la terrasse, martèle les toits de Gion alors que l'orage étincelle plus à l'est et au nord, sur Demachi, Higashiyama.

– Nous manquions de presque tout, là-bas, et pourtant c'est là-bas que les gens parlent ma langue. C'est là-bas que j'ai passé mon enfance. Je n'y ai pas été malheureuse, parce que je n'avais aucun point de comparaison. Disons que, pour nous, le monde extérieur n'existait pas. La radio et la télévision nous répétaient qu'ailleurs tout était dur, inhumain, et je le croyais, comme tout le monde. On nous disait que nous étions à l'abri. Mon enfance s'est construite sur ces mensonges, mais je n'étais pas à plaindre. J'ai eu des parents aimants, des conditions de vie correctes. Mon père travaillait... Ils lui ont confié plusieurs choses... Il a même été acteur. Les gens le reconnaissaient quand nous sortions nous promener ensemble, au bord du fleuve, et nous, ses enfants, nous pensions qu'il était devenu un personnage important... Je n'avais pas les mêmes jouets que mes camarades. Les miens étaient plus robustes, et souvent plus beaux que les leurs. J'ai même eu droit, à un anniversaire, à une poupée japonaise... Ma toute première rencontre avec la terre de ma mère... Elle me semblait si exotique, avec son *yukata* à fleurs... À mon arrivée ici, il y a dix ans, j'ai eu l'impression d'être emportée brutalement par une avalanche. Je me suis découvert une famille japonaise et tout un monde dont je n'avais pas soupçonné l'existence... Les premiers temps, j'en ai beaucoup voulu à mes parents. J'ai cru que je n'y arriverais pas. Je ne comprenais pas vraiment les raisons de notre départ brutal... J'ai même envisagé de retourner vivre là-bas. Mais quoi ? Sans ma mère, sans mon frère ? Maman me parlait le plus possible japonais. Elle m'aidait tous les soirs à apprendre l'écriture, pour que je puisse m'intégrer rapidement... La mairie de la commune lui avait proposé un emploi de gratte-papier. Sur l'île, et qui plus est dans la petite ville où elle avait grandi, vous n'êtes vraiment pas dans le cœur battant du Japon... Tōkyō paraît à des années-lumière... Et pourtant, rien n'a été facile. En vingt-cinq ans, le pays avait tellement évolué, disait-elle. Tout avait à peu près le même aspect et tout était différent. Elle s'est longtemps sentie étrangère, elle aussi. Les marques auxquelles elle était habituée, les produits, les emballages, tout avait changé ou presque. Y compris la langue, les expressions. Son japonais, qu'elle n'avait pas pratiqué pendant si longtemps, lui paraissait désuet. Grippé. Le japonais qu'on entend à l'hospice, comme elle disait pour plaisanter. Sans parler des sigles, des lois et des réglementations qu'elle ne connaissait pas. Elle ne nous l'a jamais dit directement, mais je crois qu'au début, elle regrettait d'avoir quitté la Corée. Pourtant, elle n'y retournerait sous aucun prétexte. Quand il est question de Corée à la radio ou à la télé, elle éteint ou change de programme. Mon père, lui, n'est pas un intellectuel, mais il a un grand sens pratique. Il s'adapte, c'est étonnant. Trente-huit années de Corée lui ont durci le cuir. Je crois que, paradoxalement, il a eu moins de difficultés que ma mère à se faire à sa nouvelle vie japonaise. Il avait déjà appris le coréen ; à cinquante-cinq ans passés, il s'est mis au japonais. On lui a trouvé un emploi dans un musée, où il s'est occupé de la boutique de souvenirs. Il s'est vite fondu dans sa nouvelle vie.

Sur ces entrefaites, l'orage cesse. Noboru Ikeda propose de marcher au bord de l'eau, ou alors dans Pontochō ? Ils avancent vers la caisse, il règle, puis ils attendent le vieil ascenseur Otis. Dehors, l'air est devenu respirable, ou est-ce l'effet de la conversation ? Eun-ok se sent plus légère d'avoir vidé son étrange sac... Le médecin et l'infirmière descendent vers la berge, qu'un héron inspecte à pas comptés.

– Le seul problème de mon père, c'est l'angoisse qu'on le reprenne. Comme ma mère, il a peur du moindre bateau. Mon père fuit le rivage. Il vaudrait mieux que mes parents ne vivent plus sur cette île, mais plutôt quelque part dans l'intérieur, comme ici. Je ne cesse de le leur répéter. De toute façon, les phobies de mon père ne s'arrêtent pas là. Il ne veut surtout pas avoir d'adresse internet, par exemple, de crainte de recevoir de *leurs* nouvelles.

– Là-haut, je connais ce café. Vous avez encore un peu de temps ?

Elle consulte sa montre nord-coréenne, pour ne pas accepter trop vite. Vingt et une heures quarante.

– Oui.

*

Au même instant, il est dix-neuf heures quarante à la pendule de la réception, à l'hôtel Ramada Ulaanbaatar, où ils sont arrivés après avoir été accueillis à l'aéroport par un secrétaire de l'ambassade. La rencontre est prévue dans une heure. Un dîner à l'hôtel, en tête à tête avec elle. Tête à tête ou presque, car leur petite-fille ne parle pas un mot de japonais. Un interprète sera là. Le consul du Japon a insisté jusqu'au bout pour qu'il ne soit pas nord-coréen ; en vain. Et puis seront présents, leur a-t-on dit, trois Nord-Coréens qui accompagnent la petite.

Pendant que son mari se repose, fatigué par le vol, Mme Tanabe sort faire quelques pas autour de l'hôtel, à la nuit tombante. Des ruelles terreuses, pas loin de là, des palissades, et puis des yourtes qui fument, pareilles à de vieilles dames assises en tailleur. Des avenues tracées au cordeau. Que cette ville est étrange, se dit-elle, et cette pensée projette une ombre : Que ma vie est étrange ! Elle considère les lumières de ce pays où elle n'aurait jamais cru mettre les pieds un jour et se dit que dans peu de temps, ici, dans Oulan-Bator, elle va rencontrer la fille de Naoko. La fille de Naoko ! Elle est déjà là, quelque part dans cette ville...

Un peu plus tard, dans la chambre d'hôtel, tandis que son mari se peigne pour paraître devant sa petite-fille, Mme Tanabe observe la rue par la fenêtre. C'est donc ça, une « ville neutre », songe-t-elle au souvenir des mois de négociations avec les Coréens. Il a fallu trouver un terrain neutre pour la rencontre. Elle pense avec effroi que dans quelques heures, ce sera terminé. On leur aura présenté leur petite-fille et ils ne la reverront sans doute jamais, étant donné leur âge. Les Coréens ne voudront jamais qu'elle leur rende visite au Japon. Elle ne connaîtra pas la terre natale de sa mère. Que ma vie est étrange, se répète Mme Tanabe. J'aurais tant aimé qu'elle soit différente... Naoko... Frôler ici notre descendance et ne rien apprendre sur notre fille...

Maintenant, une crainte inattendue l'envahit, dont elle fait part à son mari : et si ce n'était pas la fille de Naoko, mais n'importe qui d'autre ? Une jeune actrice ? Une espionne ? Comment savoir si c'est la vraie ? Son mari tente de l'apaiser, sans opposer d'argument convaincant. Tu as trop d'imagination, lui répond-il tout en pensant : Et si elle avait raison ?

Un quart d'heure passe, en silence, puis le téléphone sonne. Le mari décroche. C'est le secrétaire d'ambassade, pour dire qu'ils sont en bas. Ils sont *tous* en bas, répète-t-il. Avec les Nord-Coréens et Soon-hwi, l'enfant de Naoko. Le secrétaire les a prévenus : ils la surveilleront. Surtout, ne lui posez aucune question sur votre fille. De la réussite de cette première entrevue dépendra la possibilité d'une seconde, plus tard. Ne la mettez jamais dans l'embarras. Ne l'invitez pas au Japon. N'oubliez pas qu'elle ne vous connaît pas. Vous êtes des étrangers pour elle, *a fortiori* des Japonais. Toute son enfance, on lui a ressassé que les Japonais ont semé souffrance et misère en Corée. Et puis, sans doute en sait-elle beaucoup moins que vous ne le pensez sur sa mère.

Mme Tanabe tremble, elle qui se croyait « prête ». Ils sortent de la chambre et appellent l'ascenseur. Nous vous attendons dans le hall, dans un salon, a dit le secrétaire au téléphone. J'ai réservé une table au restaurant de l'hôtel. Et si ce n'est pas notre petite-fille, reprend Mme Tanabe face à son époux qui chasse les doutes d'un geste de la main, comme des mouches, allons… Nous ne représentons aucun enjeu pour eux. Nous, non, riposte la mère, mais le Japon ; et toute l'aide, tout le riz qu'on peut leur livrer, y as-tu réfléchi ? Non, il n'a pas pensé au riz. Allons, objecte-t-il de nouveau, comme si ce petit mot avait la faculté de ramener sa femme à la raison.

Elle s'aperçoit qu'elle a oublié une partie des cadeaux et retourne à la chambre. Elle n'est plus pressée. On risque de leur présenter n'importe qui, tout comme on leur a déjà soumis de fausses preuves de la mort de Naoko. Faut-il vraiment assister à cette mascarade ? Son mari l'appelle. Qu'est-ce que tu fais, vas-tu venir ? Il s'impatiente. L'ascenseur, de nouveau. Le bouton « rez-de-chaussée ». Et pendant qu'il descend, une idée vient à la mère, braver l'interdit, poser tout à trac des questions sur Naoko, mais son mari la dissuade, tu es trop nerveuse, elles ne seront même pas traduites, tes questions. Ne fais pas ça.

Quand la porte s'ouvre, ils ne voient qu'une allée bordée de plantes vertes. Le hall est désert. Avance, qu'est-ce que tu fais ?... À droite, dans un salon qu'ils n'ont pas remarqué tout de suite, un groupe de personnes se lève et vient à leur rencontre. Mme Tanabe cherche des yeux la jeune fille.

La voit.

C'est le portrait craché de Naoko. C'en est si incroyable qu'elle s'agrippe à son mari. Le nez, les yeux, ce sourire peureux, cet air sage ! Ses doutes s'envolent dans l'instant. Voilà la fille de leur fille. Si jeune, si menue. La mère a l'impression que le temps bobine en arrière ou bien n'a pas passé depuis un soir lointain, à Niigata. Le soir tombe sur la maison aux vitres embuées derrière lesquelles elle épluche un *daikon* et quelques autres légumes pour le dîner, en écoutant les nouvelles. Collision entre deux pétroliers géants au large de l'Afrique du Sud, visite du Premier ministre israélien au président Carter ; tempêtes de neige dans le Tōhoku où des trains sont bloqués par des congères. Le monde peut s'emballer, se dérégler ; pour Mme Tanabe, *elle* est enfin de retour. Comme si, dans ce hall, venait de coulisser la porte d'entrée avec son raclement caractéristique, pour la laisser passer : Naoko Tanabe salue son petit frère, monte directement dans sa chambre et sa mère soupire, puis l'interpelle, sur le ton de la réconciliation :

– Ton cours de badminton s'est bien passé ? Viens me voir, Naoko. Descends, allez… Redescends de ton Nord glacé, je t'en prie. Je ne suis plus fâchée. J'ai eu trente-cinq ans pour me calmer, tu sais. Alors viens. Viens voir maman.

25 août 2012 – 19 décembre 2015

Postface

Parfois, je regarde les photos noir et blanc, peu nettes, des victimes de tous ces enlèvements. Doina Bumbea, mélancolique, Soga Hitomi enfant, et sa mère ; Charles R. Jenkins à son arrivée au Japon après trente-huit ans en Corée du Nord, descendant d'avion en s'aidant d'une canne, avec son épouse, Soga Hitomi, à son côté. Arimoto Keiko. Chimura Yasushi retrouvant son père au pied de l'avion après vingt-quatre ans d'absence. Hasuike Kaoru, Okudo Yukiko, Matsumoto Kyoko... Et Yokota Megumi, enfant aussi, avant son enlèvement. Puis Megumi dans le parc de l'École militaire supérieure où elle n'avait d'autre choix que de donner des cours à de futurs espions. Megumi posant aux côtés d'un Sud-Coréen auquel on l'a mariée. Ce jour d'août 1986, elle est en jupe longue et chemisier blanc, il fait beau et le couple se tient « fièrement » sur la place du Retour triomphal, devant le grand arc.

Et les parents de Megumi, Yokota Shigeru et Sakie, qui n'ont pas eu d'autre choix que d'attendre et d'espérer.

Ce roman est dédié à toutes ces personnes.

Plusieurs ouvrages et films documentaires ont servi de base à certaines scènes et m'ont permis de donner corps aux personnages d'*Éclipses japonaises*, qui sont devenus, au bout du compte, des personnages de fiction.

Livres

– Charles Robert Jenkins, avec Jim Frederick, *The Reluctant Communist. My Desertion, Court-Martial, and Forty-Year Imprisonment in North Korea*, University of California Press, 2008.
– Kim Hyun Hee, *The Tears of My Soul*, William Morrow & Co, 1993.
– Committee for Human Rights in North Korea, *Taken! North Korea's Criminal Abduction of Citizens of Other Countries – A Special Report*, 2011.
– Blaine Harden, *Rescapé du camp 14. De l'enfer nord-coréen à la liberté*, Belfond, 2012.
– Barbara Demick, *Vies ordinaires en Corée du Nord*, Albin Michel, 2010.
– Arnaud Duval, *Le Dernier Testament de Kim Jong-il*, Michalon éditeur, 2012.
– Kang Chol-hwan, avec Pierre Rigoulot, *Les Aquariums de Pyongyang. Dix ans au goulag nord-coréen*, Robert Laffont, 2000.
– Kim Young-ha, *L'Empire des lumières*, Éditions Philippe Picquier, 2009.
– Hwang Sok-yong, *Princesse Bari*, Éditions Philippe Picquier, 2013.
– Baek Nam-ryong, *Des amis*, Actes Sud, 2011.
– Paul Fischer, *Une superproduction de Kim Jong-il*, Flammarion, 2015.

– Gong Ji-young, « Dans les affres de l'écriture », in *Brèves*, n° 105.

FILMS DOCUMENTAIRES

– Patty Kim et Chris Sheridan, *Abduction. The Megumi Yokota Story*, 2006.
– Daniel Gordon, *Crossing the Line*, 2007.
– Lionel de Coninck, *Sur la piste des Françaises kidnappées par la Corée du Nord*, 2013.

Je tiens à remercier pour son témoignage le sergent Charles R. Jenkins, rencontré en décembre 2012 à Ryōtsu, sur son île, Sadogashima. Notre discussion ne m'a apporté sur le coup rien que je n'avais déjà lu, et cependant, en le quittant, je savais que ce livre se ferait. Charles Jenkins avait engendré Jim Selkirk.

Je remercie aussi pour leurs conseils et leurs indications Christina et Eléna, premières et fidèles lectrices, et puis Sekiguchi Ryoko, Hijikuro Ayumi, les professeurs et traducteurs Matsuda Hironori, Mino Hiroshi et Mme Baek Seonhee, de même que, à la villa Kujoyama, Kotera Masako et Okano Arata, pour leur aide et leurs suggestions amicales, sans oublier l'Institut français, qui m'a permis de séjourner en 2012 à la villa Kujoyama, à Kyōto. C'est de là que j'ai pu entamer mes recherches et me rendre sur la côte de la mer du Japon, puis à Sadogashima, où avait été enlevée celle qui, dans le roman, est Setsuko.

E. F.

DU MÊME AUTEUR

Ismaïl Kadaré : Prométhée porte-feu
José Corti, 1991

Dans les laboratoires du pire
Totalitarisme et fiction littéraire au XXe siècle
José Corti, 1993

Le Général Solitude
Le Serpent à plumes, 1995
Stock, 2012

Le Sanatorium des malades du temps
José Corti, 1996

Je suis le gardien du phare
et autres récits fantastiques
José Corti, 1997
et « Points », n° P701

Parij
Le Serpent à plumes, 1997
Stock, 2012

Le Mystère des trois frontières
Le Serpent à plumes, 1998
Stock, 2012
et « Points », n° P901

Croisière en mer des pluies
Stock, 1999
et « J'ai lu », n° 9880

Les Lumières fossiles
José Corti, 2000

Les Cendres de mon avenir
Stock, 2001

La Durée d'une vie sans toi
Stock, 2003

Un clown s'est échappé du cirque
José Corti, 2005

Mes trains de nuit
Stock, 2005

Le Syndicat des pauvres types
Stock, 2006
et « Folio », n° 4705

Billet pour un pays doré
Cadex, 2007

Passager de la ligne morte
Circa, 2008

L'Homme sans empreintes
prix François-Billetdoux 2008
Stock, 2008
et « J'ai lu », n° 9683

Nous aurons toujours Paris
Stock, 2009

Quelques nouvelles de l'homme
José Corti, 2009

Nagasaki
Stock, 2010
et « J'ai lu », n° 9675

En descendant les fleuves
Carnets de l'Extrême-Orient russe
(avec Christian Garcin)
Stock, 2011
et « J'ai lu », n° 10538

Devenir immortel, et puis mourir
José Corti, 2012

Une si lente absence
(avec Xavier Voirol)
Le Bec en l'air, 2014

Malgré Fukushima
Journal japonais
José Corti, 2014

Il faut tenter de vivre
Stock, 2015
et « Points », n° P4386

RÉALISATION : IGS-CP À L'ISLE-D'ESPAGNAC
IMPRESSION : CPI FRANCE
DÉPÔT LÉGAL : SEPTEMBRE 2017. N° 137140 (3023655)
IMPRIMÉ EN FRANCE

Éditions Points

Le catalogue complet de nos collections est sur Le Cercle Points, ainsi que des interviews de vos auteurs préférés, des jeux-concours, des conseils de lecture, des extraits en avant-première…

www.lecerclepoints.com

DERNIERS TITRES PARUS

P4443. Avec Dieu au Goulag. Témoignage d'un jésuite interné vingt-trois ans en Sibérie, *Walter J. Ciszek avec Daniel Flaherty*
P4444. Petites chroniques de la vie comme elle va *Étienne Gruillot*
P4445. Et le souvenir que je garde au cœur *Jean-Pierre Darroussin*
P4446. Laissé pour mort à l'Everest, *Beck Weathers, avec Stephen G. Michaud*
P4447. Les Fleuves immobiles, *Stéphane Breton*
P4448. La Fille aux sept noms, *Hyeonseo Lee*
P4449. Marie Curie prend un amant, *Irène Frain*
P4450. Novembres, *Martine Delerm*
P4451. 10 jours dans un asile, *Nellie Bly*
P4452. Dialogues, *Geneviève de Gaulle Anthonioz et Germaine Tillion*
P4453. À l'estomac, *Chuck Palahniuk*
P4454. Les Innocents, *Robert Pobi*
P4455. La Saison des Bijoux, *Éric Holder*
P4456. Les Sables de Mésopotamie, *Fawaz Hussain*
P4457. La Dernière Manche, *Patrice Franceschi*
P4458. Terres amères, *Joyce Carol Oates*
P4459. On marche sur la dette. Vous allez enfin tout comprendre !, *Christophe Alévêque et Vincent Glenn*
P4460. Poésie, *Raymond Carver*
P4461. Épilogue meurtrier, *Petros Markaris*
P4462. « Chérie, je vais à Charlie », *Maryse Wolinski*
P4463. Ça, c'est moi quand j'étais jeune, *Georges Wolinski*
P4464. Vivre sans pourquoi, *Alexandre Jollien*
P4465. Petit Piment, *Alain Mabanckou*
P4466. Histoire de la violence, *Édouard Louis*

P4467. En vrille, *Deon Meyer*
P4468. Le Camp des morts, *Craig Johnson*
P4470. Bowie, l'autre histoire, *Patrick Eudeline*
P4471. Jacques Dutronc, la bio, *Michel Leydier*
P4472. Illska, le mal, *Eiríkur Örn Norðdahl*
P4473. Je me suis tue, *Mathieu Menegaux*
P4474. Le Courage d'avoir peur, *Marie-Dominique Molinié*
P4475. La Souffrance désarmée, *Véronique Dufief*
P4476. Les Justiciers de Glasgow, *Gordon Ferris*
P4477. L'Équation du chat, *Christine Adamo*
P4478. Le Prêteur sur gages, *Edward Lewis Wallant*
P4479. Les Petits Vieux d'Helsinki font le mur
       Minna Lindgren
P4480. Les Échoués, *Pascal Manoukian*
P4481. Une forêt d'arbres creux, *Antoine Choplin*
P4482. Une contrée paisible et froide, *Clayton Lindemuth*
P4483. Du temps où j'étais mac, *Iceberg Slim*
P4484. Jean-Louis Trintignant. L'inconformiste, *Vincent Quivy*
P4485. Le Démon de la vie, *Patrick Grainville*
P4486. Brunetti entre les lignes, *Donna Leon*
P4487. Suburra, *Carlo Bonini et Giancarlo de Cataldo*
P4488. Le Pacte du petit juge, *Mimmo Gangemi*
P4489. Mort d'un homme heureux, *Giorgio Fontana*
P4490. Acquanera, *Valentina D'Urbano*
P4491. Les Humeurs insolubles, *Paolo Giordano*
P4492. Le Professeur et la Sirène
       Giuseppe Tomasi di Lampedusa
P4493. Burn out, *Mehdi Meklat et Badroudine Saïd Abdallah*
P4494. Sable mouvant. Fragments de ma vie, *Henning Mankell*
P4495. Solomon Gursky, *Mordecai Richler*
P4496. Les Ragazzi, *Pier Paolo Pasolini*
P4497. Goya. L'énergie du néant, *Michel del Castillo*
P4498. Le Sur-vivant, *Reinhold Messner*
P4499. Paul-Émile Victor. J'ai toujours vécu demain
       Daphné Victor et Stéphane Dugast
P4500. Zoé à Bercy, *Zoé Shepard*
P4501. Défaite des maîtres et possesseurs, *Vincent Message*
P4502. Vaterland, *Anne Weber*
P4503. Flash boys. Au cœur du trading haute fréquence
       Michael Lewis
P4504. La Cité perdue de Z, *David Grann*
P4505. La Dernière Fête, *Gil Scott-Heron*
P4506. Gainsbourg confidentiel, *Pierre Mikaïloff*
P4507. Renaud. Paradis perdu, *Erwan L'Éléouet*

P4508.	La douleur porte un costume de plumes, *Max Porter*
P4509.	Le Chant de la Tamassee, *Ron Rash*
P4510.	Je ne veux pas d'une passion, *Diane Brasseur*
P4511.	L'Illusion délirante d'être aimée *Florence Noiville*
P4512.	L'Encyclopédie du Baraki. De l'art de vivre en jogging en buvant de la bière, *Philippe Genion*
P4513.	Le Roland-Barthes sans peine, *Michel-Antoine Burnier et Patrick Rambaud*
P4514.	Simone, éternelle rebelle, *Sarah Briand*
P4515.	Porcelain, *Moby*
P4516.	Meurtres rituels à Imbaba, *Parker Bilal*
P4517.	Dire nous. Contre les peurs et les haines, nos causes communes, *Edwy Plenel*
P4518.	Ce que je ne pouvais pas dire, *Jean-Louis Debré*
P4519.	Montecristo, *Martin Suter*
P4520.	Manhattan People, *Christopher Bollen*
P4521.	Le Livre d'Aron, *Jim Shepard*
P4522.	Fais-moi danser, Beau Gosse, *Tim Gautreaux*
P4523.	La Tête hors de l'eau, *Dan Fante*
P4524.	Orgasme, *Chuck Palahniuk*
P4525.	Professeur singe *suivi de* Le Bébé aux cheveux d'or *Mo Yan*
P4526.	Snjór, *Ragnar Jónasson*
P4527.	La Violence en embuscade, *Dror Mishani*
P4528.	L'Archange du chaos, *Dominique Sylvain*
P4529.	Évangile pour un gueux, *Alexis Ragougneau*
P4530.	Baad, *Cédric Bannel*
P4531.	Le Fleuve des brumes, *Valerio Varesi*
P4532.	Dodgers, *Bill Beverly*
P4533.	Étoile morte, *Ivan Zinberg*
P4534.	Questions de vie. Un psy face aux détresses d'aujourd'hui, *Jacques Arènes*
P4535.	Le Silence de Dieu. Face aux malheurs du monde *Bertrand Vergely*
P4536.	Le Souffle du Maître, *Blanche de Richemont*
P4537.	Je crois en l'homme parce que je crois en Dieu *Robert Hossein, avec François Vayne*
P4538.	L'Homme de ma vie, *Yann Queffélec*
P4539.	Un homme à histoires, *Patrick Rotman*
P4540.	Il est minuit, monsieur K., *Patrice Franceschi*
P4541.	Pour la peau, *Emmanuelle Richard*
P4542.	Le Choix de l'insoumission, *Jean-Luc Mélenchon*
P4543.	La Femme du gardien de zoo, *Diane Ackerman*

P4544. Au service secret de la France
Jean Guisnel et David Korn-Brzoza
P4545. Le Grand Marin, *Catherine Poulain*
P4546. Libres comme elles. Portraits de femmes singulières
Audrey Pulvar
P4547. L'Innocence pervertie, *Thomas H. Cook*
P4549. Sex Beast. Sur la trace du pire tueur en série
de tous les temps, *Stéphane Bourgoin*
P4550. Pourquoi les poètes inconnus restent inconnus
Richard Brautigan
P4551. Il pleut en amour – Journal japonais, *Richard Brautigan*
P4552. La Grande Santé, *Frédéric Badré*
P4553. L'Ombre animale, *Makenzy Orcel*
P4554. Vladimir M., *Robert Littell*
P4555. Tous les vivants, *Jayne Anne Phillips*
P4556. Les Ravissements du Grand Moghol, *Catherine Clément*
P4557. L'Aventure, le choix d'une vie, *collectif*
P4558. Une saison de chasse en Alaska
Zoé Lamazou et Victor Gurrey
P4559. Mémoires *suivi de* Journal de guerre, *Roland Garros*
P4560. Des petits os si propres, *Jonathan Kellerman*
P4561. Un sale hiver, *Sam Millar*
P4562. La Peine capitale, *Santiago Roncagliolo*
P4563. La Maison maudite et autres récits
Howard Phillips Lovecraft
P4564. Chuchotements dans la nuit, *Howard Phillips Lovecraft*
P4565. Daddy Love, *Joyce Carol Oates*
P4566. Candide et lubrique, *Adam Thirlwell*
P4567. La Saga Maeght, *Yoyo Maeght*
P4568. La crème était presque parfaite, *Noël Balen
et Vanessa Barrot*
P4569. Le Livre imprévu, *Abdellatif Laâbi*
P4570. Un président ne devrait pas dire ça... Les secrets
d'un quinquennat, *Gérard Davet, Fabrice Lhomme*
P4571. Best of Hollande, *Plantu*
P4572. Ally, la sœur de la tempête, *Lucinda Riley*
P4573. Avenue des mystères, *John Irving*
P4574. Une putain de catastrophe, *David Carkeet*
P4575. Une traversée de Paris, *Eric Hazan*
P4576. Vie de combat, vie d'amour, *Guy Gilbert*
P4577. L.A. nocturne, *Miles Corwin*
P4578. Le Lagon noir, *Arnaldur Indridason*
P4579. Ce qui désirait arriver, *Leonardo Padura*
P4580. À l'école de l'amour, *Olivia Manning*

P4581.	Le Célibataire, *Stella Gibbons*
P4582.	Les Princesses assassines, *Jean-Paul Desprat*
P4583.	Le Gueuloir. Perles de correspondance, *Gustave Flaubert*
P4584.	Le Dico de l'humour juif, *Victor Malka*
P4585.	Le Crime, *Arni Thorarinsson*
P4586.	Lointaines Merveilles, *Chantel Acevedo*
P4587.	Skagboys, *Irvine Welsh*
P4588.	Les Messieurs, *Claire Castillon*
P4589.	Balade avec Épicure. Voyage au cœur du bonheur authentique, *Daniel Klein*
P4590.	Vivre ses désirs, vite !, *Sophie Cadalen et Bernadette Costa-Prades*
P4591.	Tisser le lien. Méditations, *Yvan Amar*
P4592.	Le Visage du mal, *Sarah Hilary*
P4593.	Là où vont les morts, *Liam McIlvanney*
P4594.	Paris fantastique, *Rodolphe Trouilleux*
P4595.	Friedkin Connection. Les Mémoires d'un cinéaste de légende, *William Friedkin*
P4596.	L'Attentat de Sarajevo, *Georges Perec*
P4597.	Le Passager de la nuit, *Maurice Pons*
P4598.	La Grande Forêt, *Robert Penn Warren*
P4599.	Comme deux sœurs, *Rachel Shalita*
P4600.	Les Bottes suédoises, *Henning Mankell*
P4601.	Le Démonologue, *Andrew Pyper*
P4602.	L'Empoisonneuse d'Istanbul, *Petros Markaris*
P4603.	La vie que j'ai choisie, *Wilfred Thesiger*
P4604.	Purity, *Jonathan Franzen*
P4605.	L'enfant qui mesurait le monde, *Metin Arditi*
P4606.	Embrouille en Corse, *Peter Mayle*
P4607.	Je vous emmène, *Joyce Carol Oates*
P4608.	La Fabrique du monstre, *Philippe Pujol*
P4609.	Le Tour du monde en 72 jours, *Nellie Bly*
P4610.	Les Vents barbares, *Philippe Chlous*
P4611.	Tous les démons sont ici, *Craig Johnson*
P4612.	Tant que les arbres s'enracineront dans la terre *suivi de* Congo, *Alain Mabanckou*
P4613.	Les Transparents, *Ondjaki*
P4614.	Des femmes qui dansent sous les bombes, *Céline Lapertot*
P4615.	Les Pêcheurs, *Chigozie Obioma*
P4616.	Lagos Lady, *Leye Adenle*
P4617.	L'Affaire des coupeurs de têtes, *Moussa Konaté*
P4618.	La Fiancée massaï, *Richard Crompton*
P4619.	Bêtes sans patrie, *Uzodinma Iweala*
P4620.	Éclipses japonaises, *Éric Faye*

P4621. Derniers feux sur Sunset, *Stewart O'Nan*
P4622. De l'Aborigène au Zizi. Une balade souriante et décomplexée dans l'univers des mots, *Bruno Dewaele*
P4623. Retour sur l'accord du participe passé. Et autres bizarreries de la langue française
Martine Rousseau, Olivier Houdart, Richard Herlin
P4624. L'Alphabet de flammes, *Ben Marcus*
P4625. L'Archipel d'une autre vie, *Andreï Makine*
P4626. Dans la gueule du loup, *Adam Foulds*
P4627. Celui qui revient, *Han Kang*
P4628. Mauvaise compagnie, *Laura Lippman*
P4629. Sur les hauteurs du mont Crève-Cœur, *Thomas H. Cook*
P4630. Mariées rebelles, *Laura Kasischke*
P4631. La Divine Comédie, *Dante Alighieri*
P4632. Boxe, *Jacques Henric*
P4633. Mariage en douce. Gary & Seberg, *Ariane Chemin*
P4634. Cannibales, *Régis Jauffret*
P4635. Le monde est mon langage, *Alain Mabanckou*
P4636. Le Goût de vieillir, *Ghislaine de Sury*
P4637. L'Enfant neuf, *Colette Nys-Mazure*
P4638. Addict. Récit d'une renaissance, *Marie de Noailles avec Émilie Lanez*
P4639. Laëtitia ou la fin des hommes, *Ivan Jablonka*
P4640. L'Affaire Léon Sadorski, *Romain Slocombe*
P4641. Comme l'ombre qui s'en va, *Antonio Muñoz Molina*
P4642. Le Jour de l'émancipation, *Wayne Grady*
P4643. La Cure de Framley, *Antony Trollope*
P4644. Les Doutes d'Avraham, *Dror Mishani*
P4645. Lucie ou la Vocation, *Maëlle Guillaud*
P4646. Histoire du lion Personne, *Stéphane Audeguy*
P4647. La Sainte Famille, *Florence Seyvos*
P4648. Antispéciste. Réconcilier l'humain, l'animal, la nature, *Aymeric Caron*
P4649. Brunetti en trois actes, *Donna Leon*
P4650. La Mésange et l'Ogresse, *Harold Cobert*
P4651. Dans l'ombre du Reich. Enquêtes sur le traumatisme allemand (1938-2001), *Gitta Sereny*
P4652. Minuit, *Patrick Deville*
P4653. Le Voyage infini vers la mer blanche, *Malcolm Lowry*
P4654. Les petits vieux d'Helsinki se couchent de bonne heure
Minna Lindgren
P4655. La Montagne rouge, *Olivier Truc*
P4656. Les Adeptes, *Ingar Johnsrud*
P4657. Cafés de la mémoire, *Chantal Thomas*